Création graphique : Laurence Ningre

L'édition originale de ce livre a été publiée pour la première fois en 2013,
en anglais, par Puffin Books (The Penguin Group, London, England),
sous le titre *The Chocolate Box Girls – Coco Caramel*.

Traduction française © 2013 Éditions NATHAN, SEJER,
25 avenue Pierre de Coubertin, 75013 Paris
Loi n° 49-956 du 16 juillet 1949 sur les publications destinées à la jeunesse,
modifiée par la loi n° 2011-525 du 17 mai 2011.
ISBN : 978-2-09-254198-2

N° d'édition: 10218625 – Dépôt légal: juillet 2013
Achevé d'imprimer en août 2015 par Firmin Didot
(27650 Mesnil-sur-l'Estrée, France)
N° d'impression : 130243

Cœur Coco

Cathy Cassidy

Traduit de l'anglais par Anne Guitton

Nathan

1

Une famille, c'est un peu comme une boîte de chocolats : un mélange de parfums classiques, originaux ou complètement fous.

Dans la mienne, on trouve surtout les deux dernières catégories.

Certaines personnes n'aiment pas les assortiments, parce qu'elles craignent de tomber sur un chocolat décevant. Je ne suis pas trop d'accord. Ma mère et mon beau-père Paddy ont monté une chocolaterie, alors je m'y connais un peu. Il suffit de choisir sans se laisser avoir par les apparences. Si on s'y prend bien, on évite facilement les mauvaises surprises.

Perdue dans mes réflexions, je m'adosse contre le tronc de l'arbre, mon violon sur les genoux.

Je viens de finir de répéter. Ça ne fait qu'un an que j'ai commencé, et comme ma famille n'a ni l'oreille musicale ni beaucoup de patience, on m'a interdit de jouer dans la maison.

Ma mère tient un *bed and breakfast*, et selon elle, je risque de déranger les clients. N'importe quoi – tout ça parce que quelques personnes se sont plaintes quand j'ai commencé. J'ai énormément progressé depuis; je ne donne plus l'impression d'égorger des chats.

En plus, on a moins besoin des revenus du bed and breakfast depuis le lancement de la chocolaterie, alors je ne vois pas ce que ça peut faire si on perd un ou deux clients qui n'y connaissent rien en musique. Mais bon, je n'ai pas le choix, je suis obligée de répéter perchée dans mon chêne préféré. Il a une grosse branche qui forme un angle droit avec le tronc. J'y ai installé un coussin de chaise de jardin, et je peux même remonter mes jambes et me blottir contre l'écorce aussi confortablement que dans un vieux fauteuil.

J'aime aussi les laisser pendre comme en ce moment, et contempler le sol à travers le feuillage. On est en octobre. C'est la fin des vacances d'automne. Les feuilles vont du doré au rouge vif en passant par l'orangé. Comme l'air se rafraîchit, j'ai mis une écharpe, un pull, un bonnet. Je pense que je ne vais pas tarder à devoir ajouter des gants. Je ne sais pas si vous avez déjà essayé de jouer du violon avec des gants en laine rayée rouge et noire, mais il y a plus évident.

Ce n'est pas pour autant que ma famille a pitié de moi et me laisse répéter dans la maison ! Par moments, j'ai l'impression de compter pour du beurre.

Mes amis trouvent ma vie géniale, mais ils ne savent pas tout. Maman et Paddy sont toujours débordés entre le bed and breakfast, les commandes de chocolats, les nouvelles recettes et la décoration des boîtes. Quant à mes quatre sœurs... ce n'est pas toujours facile d'être la petite dernière d'une grande fratrie.

Comme je l'ai déjà dit, on forme un drôle d'assortiment.

Honey, l'aînée, me fait penser à un chocolat à la liqueur – sous ses airs sages, c'est une vraie bombe à retardement. Elle n'a aucune limite et ne respecte aucune règle. L'été dernier, elle a fugué après avoir provoqué un incendie ; quelques semaines plus tard, elle a passé la nuit dehors et séché le premier jour de cours. Tout le monde a cru qu'elle s'était encore enfuie, et on a même appelé la police et les services sociaux. On a eu sacrément peur. Depuis, on dirait qu'elle s'est calmée, mais pour combien de temps ?

Ma demi-sœur Cherry est beaucoup plus cool – même si, quand elle est arrivée l'année dernière, elle avait du mal à distinguer la réalité de la fiction et à se tenir à l'écart de Shay, le petit copain de Honey. Maintenant, Cherry est avec lui. Tant mieux pour elle, mais Honey ne l'a pas très bien pris. Depuis que

Shay l'a plaquée, elle est sortie avec quasiment tous les garçons du coin, y compris les moins fréquentables. Cherry et Shay ont rompu il n'y a pas longtemps, mais ça n'a duré qu'une semaine. Il paraît que c'était à cause de Honey... Heureusement, ils se sont réconciliés et s'entendent mieux que jamais. Honnêtement, même si j'aime beaucoup Cherry, je pense que ce serait plus simple si elle n'était pas tombée amoureuse de Shay.

Ma sœur Skye, elle, adore porter des robes de filles mortes – enfin, des robes *vintage*, comme elle dit. L'année dernière, elle a craqué pour un fantôme qui n'existait que dans sa tête. Maintenant, elle a un petit copain à Londres. Ils passent leur temps à s'écrire, à s'envoyer des textos et des e-mails. À mon avis, elle aurait mieux fait de s'en tenir au fantôme.

Quant à Summer, la jumelle de Skye, je croyais jusqu'à récemment qu'elle avait tout pour être heureuse : elle a toujours été belle, talentueuse, populaire, ambitieuse et déterminée. Elle a même décroché une bourse pour entrer dans une super école de danse mais elle n'a pas supporté la pression... et a tout laissé tomber. Son rêve s'est transformé en cauchemar, et elle lutte encore pour s'en sortir. Aujourd'hui, Summer n'est plus qu'une ombre fragile et perdue. Elle chipote dans son assiette comme si elle craignait que sa nourriture soit empoisonnée. Et nous, on doit faire comme si on ne se rendait compte de rien pour ne pas la brusquer.

Summer passe tout son temps avec Tommy, un crétin fini, du genre à mettre du sel à la place du sucre dans le chocolat chaud des autres et à trouver ça hilarant. Moi, il ne m'amuse pas du tout, et je me demande pourquoi ma sœur s'intéresse à lui.

De toute façon, les garçons ne créent que des problèmes. S'ils pouvaient disparaître de la surface de la terre, Honey, Cherry, Skye et Summer seraient plus heureuses et nettement moins pénibles. Pour ma part, je préfère largement la compagnie des animaux. Au moins, on peut compter sur eux.

Je regarde Fred, notre chien. Il m'attend patiemment au pied de l'arbre, à côté de Joyeux Noël, ma brebis apprivoisée. C'est bien ce que je disais : les animaux sont fidèles. Ils se moquent des fausses notes au violon. Ils ne vous jugent jamais, ne vous laissent jamais tomber.

Les êtres humains feraient bien de s'en inspirer un peu. Moi, par exemple, je sais que mes sœurs ne sont pas parfaites, mais je les aime malgré tout. Et si quelqu'un ose les critiquer, je les défends bec et ongles.

Le problème, quand on est la petite dernière, c'est qu'on n'est jamais prise au sérieux. On reste pour toujours le bébé de la famille, et c'est vraiment énervant.

Mais je vais leur montrer à tous que j'ai grandi. J'ai déjà planifié ma vie, et elle sera incroyable.

Je voudrais travailler avec les animaux, faire du bénévolat et sauver les espèces en voie de disparition. J'ai déjà commencé, parce qu'il faut être réaliste : le temps presse. D'ailleurs, lundi prochain, j'organise une vente de gâteaux à l'école pour la protection des pandas géants. Avant les vacances, j'ai collecté 233 signatures en faveur du rhinocéros blanc. Je les ai immédiatement envoyées au gouvernement.

Quand j'aurai sauvé les pandas, les rhinos et les autres, je passerai mon diplôme de vétérinaire; ensuite, je m'installerai dans une grande maison en bord de mer. J'aurai des chevaux et je jouerai du violon où je voudrai et quand je voudrai.

Je sais ce que je veux, et ça ne me semble pas irréalisable.

Il suffit de bien choisir ses chocolats dans la boîte. Pourquoi se casser les dents sur du nougat ou des noisettes caramélisées quand on peut se régaler avec son parfum préféré ? Presque tous les chocolats inventés par Paddy sont délicieux, mais le meilleur, pour moi c'est celui qu'il m'a offert pour mes douze ans.

Alors, si la vie est une boîte de chocolats, je ferai en sorte de toujours prendre le *Cœur Coco*, doux, sucré et fondant.

u milieu du foyer du collège d'Exmoor Park, j'installe une table, la recouvre d'une nappe à carreaux rouges et blancs et accroche devant une grande banderole *Sauvez les pandas géants*. Ensuite, je dispose mes cupcakes sur des assiettes. Je les ai décorés avec un glaçage noir et blanc en forme de tête de panda. Qui pourrait y résister ?

– Ils sont plus réussis que tes baleines de la dernière fois, commente ma copine Sarah. Ils sont même super mignons. On les vend combien ? Dix centimes ? Vingt centimes ?

– Trente, et deux pour cinquante. Après tout, c'est pour une bonne cause.

Les cours ont repris aujourd'hui. Sarah et moi avons eu le droit de sortir d'histoire dix minutes plus tôt pour tout préparer avant le rush de la récré.

Sarah ouvre une boîte en plastique et en sort un fondant au chocolat, pendant que je déballe un roulé à la confiture un peu aplati, une pile de roses des sables et des rochers aux amandes. Chaque fois que j'organise un événement de ce genre, je peux compter sur le soutien de mes amies. Je place bien en vue les petites brochures dans lesquelles j'explique pourquoi les pandas géants sont en voie de disparition et comment nous pouvons l'aider. J'ai constaté qu'en général les élèves sont plutôt insensibles à la défense des grandes causes. Par contre, dès qu'il y a du gâteau, ils se montrent beaucoup plus généreux.

— OK, lance Sarah. Il nous reste exactement trente secondes avant la ruée. Fais attention, je suis sûre qu'on nous a volé des sablés la dernière fois !

— Ne t'inquiète pas, je ne laisserai personne emporter ne serait-ce qu'une miette sans payer.

Je mets mon bonnet panda à oreilles en fausse fourrure et me campe sur mes deux jambes, prête pour la bataille.

— Allez, je glisse à Sarah. Pense aux pandas !

La cloche sonne et le foyer se remplit d'élèves. Alléchés par le parfum des gâteaux, ils se précipitent sur les cupcakes et les parts de roulé, remplissant de pièces chaudes et poisseuses la boîte en métal qui me sert de caisse.

Une petite achète tout le plat de roses des sables pour l'anniversaire de sa mère. Soudain, je repère un gamin qui essaie de filer discrètement avec deux parts de fondant au chocolat. Je l'attrape par le poignet.

– Ça fera cinquante centimes, s'il te plaît. Les bénéfices serviront à aider les pandas géants !

– Les aider à faire quoi ? rétorque-t-il en me tendant ses pièces à contrecœur.

– À survivre. Ils ont quasiment disparu à cause de la destruction des forêts de bambous. C'est la base de leur alimentation.

– Ils n'ont qu'à essayer autre chose. Du poisson pané. Des hamburgers. Ou du fondant au chocolat.

Je lève les yeux au ciel avant de lui expliquer, patiemment :

– Ce sont des *pandas*, pas des gens. Ils se sont toujours nourris de pousses de bambou, et aujourd'hui l'homme détruit leur habitat. Voilà pourquoi il faut les sauver !

Le visage du garçon se durcit.

– Si c'est vrai, tu devrais éviter de porter un bonnet taillé dans un panda. C'est glauque.

Et il tourne les talons en engloutissant son gâteau.

Les garçons sont vraiment idiots, surtout à cet âge.

Quoique ça ne s'arrange pas en vieillissant, je me dis en voyant Stevie Marshall se frayer un chemin dans la foule et se pencher sur mes brochures d'un air blasé.

Stevie est le garçon le plus désagréable que je

connaisse. Il ne parle à personne et dégage des ondes tellement négatives que tout le monde préfère garder ses distances avec lui. S'il était un chocolat, ce serait une des tentatives ratées de Paddy – chocolat noir aux cornichons et à la réglisse, ou une horreur dans ce genre.

Mais il doit quand même être un peu gourmand : il vient toujours à mes ventes caritatives.

– Qu'est-ce qui te fait croire que tu peux changer le monde avec des gâteaux ? me demande-t-il en fourrant quatre cupcakes dans un sachet en papier avant de me tendre une pièce.

– C'est comme ça. Je m'inquiète pour les pandas, et si je peux contribuer à les sauver en récoltant un peu d'argent, c'est déjà ça.

– Hum. C'est censé représenter quoi, ce glaçage noir et blanc ? Des pingouins ?

– Des têtes de pandas, je réponds, les dents serrées. Ça se voit, quand même !

– Ah, d'accord. J'espère que tu n'envisages pas une carrière d'artiste…

J'essaie de ne pas m'énerver.

– Super chapeau, conclut-il en s'éloignant.

Je réprime difficilement mon envie de lui jeter un rocher coco à la tête.

– Ignore-le, me conseille Sarah. Il a un grain.

– Un quoi ?

– C'est une expression pour dire qu'il est bizarre. Il en veut au monde entier. Ce n'est pas contre toi.

Les profs achètent tout ce qui reste sur la table. Je distribue mes dernières brochures à qui veut bien les prendre.

– Il y a au moins vingt livres là-dedans, s'exclame Sarah, le sourire aux lèvres, en contemplant la boîte en métal.

Tout à coup, je suis découragée. Vingt livres, ça n'est pas grand-chose, surtout si on déduit le prix de la farine, des œufs, du sucre et des colorants que j'ai utilisés. Ça ne va pas beaucoup aider les pandas géants. Et quand j'aperçois une demi-douzaine de brochures gisant sur le sol, je me sens encore plus mal.

Changer le monde en vendant des gâteaux est peut-être plus compliqué que je ne le pense.

Je jette un regard assassin à Stevie, à l'autre bout du couloir. Je ne sais pas s'il a un grain ou juste une dent contre moi.

3

J'ai fait les comptes : finalement, la vente de gâteaux nous a rapporté presque 30 livres. Quand la sonnerie de la fin des cours retentit, je suis donc de très bonne humeur. Je vais demander à maman d'envoyer un chèque à l'association pour la défense des pandas. Ce n'est pas une très grosse somme, mais je sais que ça leur servira. On doit pouvoir planter pas mal de bambous avec ça.

En voyant qu'il pleut, je cherche mon bonnet panda dans mon sac ; il n'y est pas. Je l'ai peut-être laissé dans mon casier ? Le bus va me déposer dans le centre de Kitnor, assez loin de la maison. Si je n'ai pas mon bonnet, je vais être trempée.

Je dis à Sarah que je retourne le chercher et que ce n'est pas la peine de m'attendre. Comme elle habite juste à côté du collège, elle ne prend jamais le bus.

— À plus ! répond-elle en mettant sa capuche.

Je repars vers le bâtiment en zigzaguant entre les

élèves. Soudain, j'aperçois un drôle d'objet tout en haut du mât qui sert à hisser le drapeau dans la cour.

Mon bonnet! Je suis choquée. Qui a osé faire ça?

Une phrase que Stevie m'a lancée à la récré me revient en mémoire: «Super, ton chapeau.» Évidemment, c'était ironique – sa grimace et le ton de sa voix étaient on ne peut plus clairs.

Je crois qu'il ne m'aime pas, et c'est réciproque, mais ce n'était quand même pas une raison pour en arriver là! Avec son air sombre, je ne l'aurais jamais cru capable de faire des blagues. Il est assis juste derrière moi en cours de sciences: il a très bien pu prendre mon bonnet sur mon sac.

Je me précipite vers le mât.

Il me faut une éternité pour comprendre comment fonctionne le mécanisme qui permet de monter ou de descendre la corde. J'ai les cheveux tout frisés à cause de la pluie et je commence à perdre patience. Enfin, je parviens à récupérer mon bonnet. Il est complètement trempé, mais je le mets sur ma tête pour être sûre de ne pas le perdre encore une fois.

Si je découvre que Stevie est le responsable, il risque de devenir lui aussi une espèce en voie de disparition. Je me dépêche de rejoindre l'arrêt de bus, saisie d'un mauvais pressentiment. Tout est trop calme, trop désert. Il n'y a plus d'élèves sur le trottoir, juste une ou deux silhouettes qui s'éloignent sous leurs parapluies. J'ai dû passer plus de temps que je ne le croyais à me débattre avec ce fichu mât : j'ai raté mon bus.

Génial.

Je ralentis le pas. Avant, Skye et Summer auraient demandé au chauffeur de m'attendre. Mais maintenant, elles vont au lycée. Quant à mes amies, Jade et Amy, elles me gardent une place d'habitude, mais elles ont dû penser que je m'étais encore inscrite à une nouvelle activité.

Le vendredi, j'ai mon cours d'équitation, et le mardi la réunion hebdomadaire du club *Sauvons les animaux* que j'ai fondé. Sarah, Amy, Jade et moi y parlons des pandas, des baleines ou des tigres à des élèves plus jeunes. Mais ces derniers temps, il y a de moins en moins de monde. La semaine d'avant les vacances, même Sarah a inventé une excuse pour ne pas venir, et je me suis retrouvée face à mes brochures, à me demander si j'étais la seule à vraiment me préoccuper des espèces menacées. Il m'arrive aussi d'aller attendre Skye, Summer et Cherry à la sortie du lycée pour boire un smoothie et traîner dans les boutiques avec elles avant de rentrer.

Tant pis, je vais faire un tour en attendant le prochain bus. Mais lorsque j'arrive au coin de la rue, mon bonnet dégoulinant sur la tête, je tombe sur une scène sortie tout droit d'un cauchemar.

Dans le petit passage qui longe le gymnase, Stevie

Marshall est en train de tenir un gamin maigrichon par le col de sa veste. Il le secoue et grogne d'un air féroce.

Je reconnais le garçon au regard terrifié : c'est celui qui m'a demandé pourquoi les pandas ne mangeaient pas des hamburgers et du gâteau au chocolat.

Mon sang ne fait qu'un tour. Je déteste la violence, surtout quand on s'en prend à plus petit que soi. Plaqué contre le mur du gymnase, le gamin essaie de se débattre, mais Stevie est visiblement très énervé. Il va le transformer en chair à pâté.

– Lâche-le ! je hurle.

Deux paires d'yeux se tournent vers moi.

– Dégage, miss panda, aboie Stevie. Occupe-toi de tes affaires !

C'est la goutte d'eau qui fait déborder le vase. Je repense à mon bonnet accroché en haut du mât, et à toutes les remarques blessantes que m'a lancées Stevie depuis qu'il est arrivé dans ma classe il y a un an. En entendant gémir sa victime, je vois rouge.

Je me jette sur Stevie et tire sur ses épaules de toutes mes forces. Le gamin, enfin libre, récupère son sac et détale. Stevie me fusille du regard, hors de lui.

– Imbécile ! s'exclame-t-il. Regarde ce que tu as fait !

– C'est moi que tu traites d'imbécile ? Tu devrais avoir honte ! Tu es beaucoup plus grand que lui, et à ton âge, tu devrais aussi être plus malin... Il faut vraiment être nul pour s'attaquer aux plus faibles. Ça te donne l'impression d'être un dur, c'est ça ? Tu parles, tout ce que ça fait de toi, c'est une sale brute !

Stevie semble écœuré. Lèvres retroussées, yeux étincelants et narines dilatées, il serre les poings comme s'il résistait à l'envie de me frapper. Tout à coup, j'ai peur : je me rends compte que je viens de m'interposer dans une bagarre et d'insulter le type le plus asocial que je connaisse. Me voilà seule avec ce psychopathe, loin de la route et des passants.

– Imbécile, répète-t-il, méprisant. Tu te crois indispensable, hein ? Tu es persuadée que tu peux sauver le monde, les pandas et les victimes de maltraitance en une seule journée, puis tu rentres chez toi manger tes fichus gâteaux. Tu ne connais absolument rien à la vie ! Tu ne sais pas de quoi tu parles !

Sur ces mots, Stevie tourne les talons et me laisse plantée là, sous la pluie.

*L*e vendredi, dans le couloir, j'aperçois le gamin à qui Stevie s'en est pris. Je m'approche de lui, inquiète.

– Ça va ? je lui demande. Stevie n'a pas recommencé à t'embêter, j'espère ?

– Euh... non, non, répond-il sans oser me regarder. Je vais bien merci. Pas de problème.

Ses copains nous observent en ricanant. Je sens qu'il veut filer, mais je le retiens par la manche. L'air résigné, il dit aux autres qu'il les rejoindra plus tard. Il pourrait se montrer un peu plus reconnaissant – après tout, c'est grâce à moi qu'il n'a pas fini en bouillie. Mais la politesse et les garçons, ça fait deux.

– Tu en as parlé aux professeurs ? j'insiste. Tu ne dois pas te laisser maltraiter, tu sais. Stevie risque de s'en prendre à d'autres élèves. La seule façon de l'arrêter, c'est de parler. Tu veux que j'aille voir le conseiller d'éducation ?

– Non! s'étrangle le gamin. Non, sérieux, ne dis rien, je n'ai pas envie que ça fasse des histoires… c'est réglé. Il ne recommencera pas, j'en suis sûr. En tout cas, merci de m'avoir aidé l'autre jour. Tu m'as sauvé la peau, c'était vraiment sympa.

Je souris.

– Bon… si tu me jures que c'est arrangé…

– Juré. Et… au fait… désolé pour ton bonnet.

Aussitôt, il s'élance à toute allure dans le couloir en bousculant deux filles plus jeunes.

Je ne comprendrai jamais les garçons. Pourquoi m'a-t-il parlé de mon bonnet?

– C'est le petit que Stevie Marshall a agressé l'autre jour? me demande Sarah.

– Oui. Le pauvre.

Elle fronce les sourcils.

– Pourtant, il n'a pas une tête de victime. Il a plutôt l'air du genre à enchaîner les bêtises. Si ça se trouve, c'est lui qui a accroché ton bonnet en haut du mât!

– Non, c'était forcément Stevie. Il me déteste, et il s'est moqué de moi. En plus, il est derrière moi en sciences, donc…

– Donc quoi? Ça ne prouve rien. Tu peux très bien l'avoir perdu, ou alors le petit peut l'avoir piqué dans ton casier…

– Je ne crois pas. Peu importe qui m'a joué ce tour, ça ne change rien. Stevie est une brute, point barre.

– Et un solitaire. Il n'a aucun copain. C'est peut-être à cause de son mauvais caractère ?

– Sûrement.

– Il serait plutôt mignon s'il souriait un peu, ajoute Sarah. Enfin, j'imagine : on ne peut pas savoir vu qu'il fait tout le temps la tête.

– Parce que c'est un sale type. Tu l'aurais vu, l'autre jour, c'était horrible ! Il tenait quasiment le petit par la gorge !

– Peut-être qu'il l'avait mérité ?

– Personne ne mérite ça. Crois-moi, il vaut mieux rester à l'écart de Stevie.

Quand on parle du loup… Stevie apparaît justement au bout du couloir. Il vient dans notre direction et, comme d'habitude, il me fusille du regard.

– Imbécile ! grogne-t-il en passant.

J'ouvre de grands yeux et deviens toute rouge, incapable de lui répondre.

– D'accord, s'étrangle Sarah, je vois ce que tu veux dire…

– Gros naze, je marmonne.

Mais il est déjà trop loin pour m'entendre.

Après cet épisode, je ne suis pas vraiment dans mon assiette. Heureusement que j'ai ma leçon d'équitation cet après-midi : ça me redonne toujours le sourire. Comme c'est à seize heures, j'ai largement le temps de me rendre à pied jusqu'au centre équestre, qui se trouve à l'extérieur de la ville.

Je prends des cours depuis Noël dernier, et même s'il me reste beaucoup à apprendre, j'adore ça. J'adore l'odeur de l'écurie, un mélange de foin frais, de cuir et de crinière de poney. J'adore les exercices que la monitrice nous fait faire dans le paddock pour nous apprendre l'équilibre et nous donner confiance en nous – les «ciseaux», la «grenouille», le «tour du monde», l'art de monter sans étriers... J'adore randonner à cheval dans la campagne ou le long de la plage, partir au trot, cheveux au vent, envahie par une sensation de liberté, comme si tout devenait possible.

Mais ce que j'aime le plus au centre, c'est un des poneys, une femelle qui s'appelle Coconut.

Évidemment, c'est lié à son nom – il me rappelle le mien, et aussi mon parfum préféré. Et puis c'est la plus belle ponette que j'aie jamais vue. Une exmoor pure race d'un mètre vingt au garrot. Sa magnifique robe baie foncée évoque la couleur d'une noix de coco. Elle a des marques en tête blanc-beige autour des yeux et des naseaux. Sa queue et sa crinière sont épaisses, rugueuses et sauvages. Elle dégage quelque chose de noble et de magique, comme si elle sortait tout droit du Moyen Âge. Elle aurait pu servir de monture à une princesse guerrière ou à une reine celtique il y a des milliers d'années.

C'est la ponette de mes rêves, mais je ne l'ai jamais montée car, contrairement à la plupart des exmoors qui sont calmes et très doux, Coconut est parfois difficile à contrôler. Les responsables du centre équestre, Jenna et Roy, pensent qu'elle a été maltraitée par le passé – elle peut se montrer nerveuse, imprévisible. D'ailleurs, elle a déjà provoqué un ou deux incidents cette année, ce qui les a rendus méfiants. Maintenant, ils n'autorisent que les cavaliers les plus expérimentés à la monter.

C'est l'histoire de ma vie. On me trouve toujours trop jeune pour tout. Personne ne me prend jamais au sérieux.

Par exemple, il y a deux semaines, il y avait une annonce au centre équestre : ils cherchaient quelqu'un pour aider à laver et panser les chevaux deux soirs par semaine. Lorsque maman est venue me chercher ce jour-là après ma leçon, j'étais tout excitée. Je lui ai expliqué que ce travail me permettrait de passer plus de temps avec Coconut, d'approfondir ma connaissance des chevaux, de lui rembourser le prix de mes cours et même de mettre un peu d'argent de côté. J'étais certaine qu'elle serait d'accord. Mais, surprise… elle a répondu que j'étais trop jeune.

– Tu n'as que douze ans, m'a-t-elle rappelé pour la énième fois. Ils veulent sûrement quelqu'un de plus vieux, et de toute façon, tu auras bien le temps de trouver un petit boulot plus tard ! Pour le moment, concentre-toi plutôt sur tes amies, tes animaux et tes études.

– Mais…

– Il n'y a pas de mais. Ne sois pas si pressée de grandir, Coco. Profite de ta liberté tant que tu le peux ! Si c'est l'argent qui t'inquiète, j'en toucherai un mot à Paddy. Maintenant que la chocolaterie commence à bien marcher, on pourrait envisager de te donner un peu d'argent de poche.

De l'argent de poche ? J'ai l'impression d'avoir cinq ans. Dans cette famille, les règles qui s'appliquent à mes sœurs ne valent jamais pour moi.

Oui, j'ai douze ans. Et alors ? À mon âge, Summer aidait depuis longtemps les professeurs de son école de danse. Et à treize ans, elle a encadré un stage d'été d'une semaine en échange de cours supplémentaires. Pendant ce temps-là, Skye donnait un coup de main à la costumière du film qui se tournait à Kitnor. Elles sont à peine plus âgées que moi, mais on leur dit toujours oui à tout.

Quant à Honey, même si elle ne travaillait pas à douze ans, elle a toujours été beaucoup plus libre que nous. Elle n'a pas attendu l'adolescence pour faire ce qui lui passait par la tête sans permission. De ce côté-là, rien n'a changé. Je devrais peut-être l'imiter ?

Je franchis la grille du centre équestre de Woodlands

en inspirant à pleins poumons l'odeur délicieuse du foin. Comme toujours, je suis un peu en avance. Je salue Kelly, une des jeunes monitrices. Puis je me dirige vers le bâtiment bien chauffé afin de me changer dans les vestiaires. Au comble du bonheur, je retire mon uniforme pour enfiler un pull trop grand, un jodhpur et un imperméable. Je range mes affaires dans un casier avant de récupérer ma bombe et de rejoindre l'écurie.

Soudain, devant l'un des box, j'aperçois une silhouette familière. Un garçon en bottes de caoutchouc et jean boueux est en train de remplir une brouette de fumier, l'air renfrogné.

Stevie Marshall lève la tête ; la surprise se peint sur son visage, bientôt remplacée par le dégoût. Le mien doit refléter les mêmes émotions, et bien d'autres encore.

5

— Qu'est-ce que tu fiches ici ? me demande Stevie.

Je suis tellement en colère que, si je le pouvais, je lui renverserais sa brouette de fumier sur la tête. Et puis je lui donnerais un coup de fourche, histoire qu'il comprenne bien ce que je pense de lui.

— Je viens pour mon cours d'équitation. Comme toutes les semaines depuis le mois de janvier. Et je ne t'avais encore jamais vu à Woodlands, alors je crois que c'est plutôt à moi de te demander ce que tu fiches ici !

Il grimace.

— Je *travaille* ici. Tous les mardis et vendredis de quatre heures moins le quart à six heures. Je viens de commencer, mais si j'avais su qu'ils donnaient des cours à des tartes dans ton genre, j'aurais cherché du boulot ailleurs…

Une tarte ? Moi ? Je ne suis pas certaine que ce soit

un compliment lié à mes talents de pâtissière. Le pire, c'est que Stevie a pris le poste que je voulais. Alors qu'il a le même âge que moi… C'est trop injuste.

— Eh… tarte toi-même !

Comme répartie cinglante, on a déjà vu mieux. C'est même complètement ridicule. Stevie doit être du même avis, car il réprime un sourire moqueur tout en continuant à remplir sa brouette. Comme par hasard, une boulette de crottin m'atterrit sur les pieds. Je suis sûre qu'il l'a fait exprès.

Je bouillonne intérieurement ; à court de mots, je m'approche de Coconut, lui caresse les naseaux et frotte ma joue contre sa crinière rugueuse. Son odeur me rappelle la poussière, le foin et le sucre chaud.

— Je déteste ce garçon, je chuchote à l'oreille de la ponette. Je le déteste vraiment.

Elle me donne un petit coup de tête affectueux et je passe mes bras autour de son cou. Ma colère retombe peu à peu. Quelques minutes plus tard, j'ai retrouvé le sourire. Je récompense Coconut avec des tranches de pomme posées dans le creux de ma main.

— Elle t'aime bien, commente Kelly dans mon dos. Tu sais la prendre, ce qui n'est pas le cas de tout le monde. Allez, viens, on va te seller un poney. Comme Jenna et Roy ne sont pas là aujourd'hui, j'ai pensé qu'on pourrait travailler un peu dans le paddock… tu préfères monter Bailey ou Jojo ?

Je fronce les sourcils. Ces poneys ont beau être adorables tous les deux, la seule que j'ai envie de voir, c'est Coconut. Je sens qu'avec moi elle se comporterait bien. Elle m'apprécie – la preuve, même Kelly s'en est rendu compte.

– Je ne peux pas prendre Coconut ? je supplie. Jenna pense que j'ai fait beaucoup de progrès et que je serai bientôt capable de la monter...

C'est vrai même si, à mon avis, Jenna voulait dire «dans quelques années». Mais ça, Kelly n'a pas besoin de le savoir.

– Je ne crois pas, me répond-elle. Pas aujourd'hui. Coconut peut se montrer assez difficile. Jenna et Roy ne sont pas convaincus qu'elle ait sa place ici. Un cheval de centre équestre doit gagner sa pitance, et elle est tellement imprévisible...

Je me mords les lèvres. Ça s'annonce mal. Si Jenna et Roy ont des doutes, la petite exmoor baie ne va peut-être pas faire long feu à Woodlands. À moins que je leur prouve à quel point elle peut être docile ?

– Jenna me l'a promis ! j'insiste, quitte à déformer un peu la vérité. Elle a dit qu'il y avait quelque chose entre Coconut et moi, comme un lien instinctif ! S'il te plaît, Kelly, laisse-moi essayer ! On restera dans le paddock. Qu'est-ce qui peut bien m'arriver ?

– Plein de choses, soupire Kelly, qui commence à faiblir. Peut-être que si Jenna était là...

– Mais elle n'est pas là! S'il te plaît, Kelly! J'ai attendu toute la semaine!

– Bon, très bien, finit-elle par céder. Mais je te préviens, si ça tourne mal...

– Ça n'arrivera pas!

– Stevie? appelle-t-elle. Tu peux seller Coconut pour cette demoiselle, s'il te plaît?

Stevie a l'air surpris.

– Je croyais qu'elle était réservée aux cavaliers expérimentés?

Kelly semble agacée. Maintenant qu'elle a pris sa décision, elle n'a pas l'intention de revenir dessus.

– Jenna est d'accord, réplique-t-elle en s'éloignant pour désigner leur monture aux cinq autres élèves, plus jeunes que moi.

Pendant que Stevie règle les étriers de Coconut, je lui lance:

– Je *suis* une cavalière expérimentée, je te signale. Je sais ce que je fais.

– J'ai quelques doutes. Elle s'effraie facilement, tu sais. Alors vas-y doucement.

– Elle m'apprécie!

– Elle est bien la seule... marmonne-t-il en conduisant la ponette à l'extérieur.

Il tient Coconut pour que je monte. Heureusement, elle reste sage comme une image et j'y arrive sans difficulté. J'attrape les rênes, je donne un léger coup de talons, et nous partons rejoindre Kelly et les autres élèves.

C'est vrai qu'elle m'aime bien, cette ponette – je le sens. Elle est calme, posée, tourne docilement autour du paddock. Lorsque Kelly nous demande de dessiner des huit puis de franchir quelques obstacles, Coconut s'exécute sans broncher. On ne devinerait jamais que c'est un animal « à problèmes ».

Kelly se détend peu à peu. Elle a pris un risque en m'autorisant à monter ce poney ; je n'ai pas l'intention de la décevoir. Je vais lui montrer que je suis douée, et qu'on peut compter sur Coconut. Tout ce qu'il lui faut, c'est un peu de douceur.

– Trot enlevé, commande Kelly.

Je pousse ma monture sans effort. Elle trotte superbement, et quand Kelly propose à trois d'entre nous d'essayer le petit galop, je sens que Coconut est à l'aise. Elle accélère et je me penche en avant, ravie, profitant de chaque seconde. C'est le meilleur cours d'équitation que j'aie jamais pris. J'ai l'impression que nous ne faisons qu'une. Nous nous comprenons, et je sais qu'elle s'amuse autant que moi.

Peut-être que Coconut descend d'une lignée de poneys sauvages qui vivent dans les collines, peut-être qu'elle a été maltraitée par le passé. Peut-être. Mais elle a confiance en moi, et je suis convaincue qu'elle a un potentiel extraordinaire.

— Excellent, Coco ! me félicite Kelly quand nous revenons au pas.

Je rougis de fierté.

— Bravo, les enfants. Bon, maintenant on va se reposer avec quelques exercices. On va commencer avec le « tour du monde ». Si vous n'êtes pas sûrs de vous, regardez Coco, elle y arrive très bien…

Je suis flattée, mais le compliment est mérité : à force de m'entraîner depuis des mois, je suis devenue une vraie spécialiste. Le « tour du monde » permet de travailler l'équilibre et le contrôle de l'animal. On passe une jambe par-dessus la tête du poney pour se mettre en amazone ; puis on continue à tourner sur la selle jusqu'à se retrouver assis à l'envers ; ensuite on passe en amazone de l'autre côté, et enfin on revient à la position initiale.

En général, c'est un peu chaotique et la plupart des cavaliers se tortillent d'une façon pas très élégante. Mais je dois avouer que je me débrouille plutôt bien. Au début, on s'exerce sur un poney immobile, avant d'essayer au pas. J'y arrive désormais sans problème.

Je donne un léger coup de talons pour que Coconut se mette en mouvement, puis je sors mes pieds des étriers. Consciente que les plus jeunes me regardent, je déplace mon centre de gravité et lève une jambe par-dessus la tête de la ponette.

Alors que j'ai encore le pied en l'air, elle pique

soudain un sprint avant de s'arrêter brutalement et de se cabrer en hennissant. Je décolle de la selle et j'atterris sur l'herbe avec un bruit sourd, le front contre l'un des obstacles du parcours, le menton dans le gravier. Pendant quelques secondes, je vois des étoiles.

– Coco? appelle Kelly, agenouillée près de moi. Coco, ça va?

J'essaie de me redresser, mais je m'écroule aussitôt. J'ai l'impression d'avoir reçu un coup de massue sur le crâne.

– *Aïe...*

Kelly crie qu'on lui apporte la trousse de secours. Je ferme les yeux de toutes mes forces en espérant que le sol va s'ouvrir et m'avaler. Bien sûr, ça n'arrive pas; les paupières closes, j'imagine les regards choqués des cinq petits qui m'ont vue chuter de mon piédestal. J'ai honte...

Coconut, comment as-tu pu me faire ça? Je croyais qu'on se comprenait, toutes les deux.

Quelqu'un presse sur mon menton un linge humide qui sent l'arnica. J'ouvre les yeux.

– Là, ça devrait aller mieux, dit Kelly.

Par-dessus son épaule, j'aperçois Stevie, la trousse à pharmacie à la main. Il a l'air sombre et réprobateur.

Je guérirai de mes blessures physiques, mais pour ce qui est de ma fierté, c'est autre chose. C'est le moment le plus humiliant de ma vie.

Ma fierté n'est pas la seule à avoir pris un coup. Ça aurait été encore pire sans la bombe, mais j'ai tout de même une belle écorchure violette le long de la mâchoire, et une constellation de bleus sur les jambes et les fesses. Génial.

– Qu'est-ce que tu as fabriqué? s'écrie Skye lorsque j'entre en boitant dans la cuisine, le chiffon imbibé d'arnica encore pressé sur le menton. Tu as une de ces têtes!

– Merci, je soupire. Tu m'aides beaucoup. Je me suis disputée avec ma ponette préférée… elle en a eu assez d'être sage et m'a envoyée valser.

– Sérieux? intervient Summer. Elle t'a fait tomber? C'est quoi cet élevage de chevaux psychopathes? Ils sont censés donner des cours d'équitation, pas de rodéo!

– Tais-toi. J'ai passé tout le trajet de retour à essayer de dissuader maman de porter plainte.

– Je ne voulais pas porter plainte, rectifie celle-ci. Je voulais juste leur signaler que cette bête n'est peut-être pas la plus adaptée pour un centre équestre. Elle est trop caractérielle, trop nerveuse !

– Maman, je t'ai déjà dit que c'était ma faute.

– Pourquoi ? demande Cherry.

Je rougis. Je n'ai pas très envie d'avouer la vérité, mais puisque l'avenir de Coconut est en jeu...

– Je n'avais pas le droit de la monter. Elle est un peu imprévisible, difficile à manier. Jenna et Roy la réservent à des cavaliers expérimentés. Mais c'est ma préférée, et comme ils n'étaient pas là aujourd'hui, j'ai réussi à convaincre une des monitrices de me la laisser... en lui racontant que j'avais plus ou moins l'autorisation.

– En gros, tu as menti, résume Skye. Tu vas avoir des problèmes !

– Ça m'étonnerait que Jenna et Roy apprécient, commente maman en préparant du thé et du chocolat chaud.

– Je suis d'accord avec maman, déclare Summer. Cette Coconut ne devrait même pas avoir le droit d'approcher les enfants. Elle a l'air dangereuse.

J'ai mal à la tête. Et si Jenna et Roy arrivaient à la même conclusion ? En voulant aider la ponette, j'ai peut-être aggravé son cas. Quoi qu'en pensent mes sœurs, je sais qu'elle a été parfaite. C'est seulement quand j'ai commencé à remuer sur son dos qu'elle a paniqué… Elle a disjoncté parce que j'ai passé ma jambe au-dessus de sa tête. Peut-être qu'elle n'aime pas être surprise. Peut-être qu'elle a cru que j'allais la frapper ?

Si je découvrais ce qui est arrivé les autres fois où elle a mal réagi, je pourrais comprendre de quoi elle a peur et résoudre son problème. Du coup, Jenna et Roy accepteraient sûrement de la garder.

– Heureusement que tu avais un casque, petite sœur, conclut Summer avec un sourire. Tu aurais pu avoir des séquelles plus graves !

– Je ne suis plus un bébé, je râle. Arrête un peu, tu n'as que dix-sept mois de plus que moi !

– Possible, mais tu resteras toujours le bébé de la famille, me taquine Skye. On se fait du souci pour toi !

– Pas la peine. Je suis mûre et indépendante, vous le savez très bien !

– Du calme, du calme, intervient maman. Cessez d'embêter votre sœur, les filles !

On se croirait dans une cour de maternelle.

Maman pose les boissons chaudes et une assiette de cookies aux pépites de chocolat devant nous. Elle emporte quelques gâteaux et une tasse de thé pour Paddy, car il travaille tard à l'atelier afin de terminer une commande urgente destinée à un grand magasin. Elle doit être envoyée en express lundi. Tous ses efforts pourraient être récompensés par un gros contrat.

Dès que maman a quitté la pièce, Skye se penche vers moi.

– Ce n'est pas toi qui m'inquiète le plus, souffle-t-elle. C'est Honey. Je croyais qu'elle s'était calmée après toutes ces histoires, à la rentrée, quand on a cru qu'elle avait fugué et qu'elle s'était remise avec Shay. Mais apparemment, ça recommence. Aujourd'hui, mon prof d'arts plastiques m'a demandé quand elle reviendrait en cours. Ils croient tous qu'elle est malade, alors peut-être qu'elle a envoyé un faux mot d'excuse?

– Tu rigoles!

– Elle prend le bus avec nous chaque jour, comme avant, précise Cherry. Aucune de nous ne se doutait qu'elle séchait!

– Elle est dans le bus, mais visiblement elle s'arrête aux portes du lycée, continue Skye. Elle traîne devant le bâtiment en attendant la sonnerie, et après elle doit filer en ville. Si maman s'en aperçoit, elle va péter les plombs!

– C'est clair, renchérit Summer d'une voix douce. Elle a déjà assez de soucis avec le bed and breakfast, la chocolaterie et... tout le reste.

Personne ne commente, même si nous savons très bien que Summer parle de son anorexie. Il y a quelques mois, elle s'est tellement mis la pression pour réussir son audition qu'elle a fini par craquer. Elle ne mangeait plus, et maintenant elle doit se rendre deux fois par semaine dans une clinique qui traite les troubles alimentaires.

Elle a cédé sa place dans une grande école de danse à son amie Jodie. Même si Summer continue à prendre des cours à Minehead, elle pense forcément à la bourse qu'elle a laissé échapper. On n'en parle jamais, pas plus que de ses problèmes de santé, pour ne pas la perturber. Car même si elle a repris un peu de poids, elle est encore fragile et pâle, avec de grands cernes bleus sous les yeux. J'ai souvent l'impression que si je la serre trop fort, elle va se briser comme du verre.

D'après maman, le temps guérit bien des choses et il faut qu'on reste positifs et compréhensifs. Mais je sais qu'elle s'inquiète pour Summer, comme nous tous. Alors ce n'est vraiment pas le moment que Honey parte en vrille.

Summer fronce les sourcils.

– À croire que Honey ne peut pas se retenir de faire n'importe quoi, vous ne trouvez pas ? On dirait qu'elle essaie de jouer un rôle, mais qu'elle n'y arrive pas...

Depuis le départ de papa il y a quelques années, ma grande sœur provoque crise sur crise. Ça devient épuisant, à force, et ma patience a des limites.

– Vous croyez qu'on doit se taire ? demande Skye.
Faire semblant de ne pas être au courant ? Ou faut-il
en parler ? Pas pour lui causer des problèmes, bien
sûr, mais… pour l'empêcher de faire encore plus de
bêtises, vous voyez ?

– On ne peut pas, proteste Summer. Et la solidarité
entre sœurs, tu l'as oubliée ?

Je me mords les lèvres. C'est une règle dans notre
famille : on ne se dénonce pas. Mais je ne peux pas
m'empêcher de souhaiter que l'une d'entre nous
intervienne. Ce n'est pas drôle de regarder sa sœur
gâcher sa vie.

– On devrait peut-être faire une exception cette
fois ? je suggère.

– Mais… elle ne nous le pardonnerait jamais, s'in-
digne Summer.

Le silence s'installe pendant que nous réfléchissons
aux répercussions que pourrait engendrer une telle
trahison. Maman a menacé Honey à plusieurs reprises
de l'envoyer en pension, et ça risque d'être la goutte
d'eau de trop. Aucune d'entre nous ne veut être responsable de ça.

– Les bulletins arrivent mercredi prochain, nous rappelle Cherry. Charlotte découvrira le pot aux roses à
ce moment-là. Pas besoin de nous en mêler puisque
de toute façon, ça va se savoir.

– Tu as raison.

La porte de la cuisine s'ouvre et maman entre avec un plateau vide en fredonnant une chanson ringarde.

– Vous n'avez pas faim ? demande-t-elle en voyant l'assiette de cookies encore intacte. C'est nouveau !

Nous prenons toutes un biscuit d'un air coupable. Summer coupe le sien en petits morceaux pour le donner au chien.

Je n'ai vraiment pas hâte d'être à mercredi.

7

*L*e mercredi, mon menton est presque cicatrisé et les bleus qui couvrent mes jambes forment un arc-en-ciel violet, rouge et jaune verdâtre. Le résultat est particulièrement magnifique avec mon short de sport. Du coup, je dois raconter à mes amies comment le poney incontrôlable et à demi sauvage de Woodlands a pris peur et m'a projetée dans les airs.

– C'est assez courant quand on commence à travailler avec des montures un peu difficiles, j'explique. Mais bien sûr, c'est aussi beaucoup plus intéressant...

Les filles ne semblent pas convaincues, mais elles ont la délicatesse de ne rien dire.

Depuis cet incident, j'essaie d'éviter Stevie. Il n'était pas en sciences lundi – apparemment, il avait un match de foot – mais on a cours ensemble aujourd'hui, et je ne suis pas pressée de le revoir. Est-ce que je dois l'ignorer ? Ou lui sourire gentiment et le remercier pour son aide tout en espérant qu'il s'étouffe avec sa méchanceté ? Quand il a tendu la trousse de secours à Kelly, il était aussi désagréable que d'habitude ; mais en me relevant, je l'ai vu calmer Coconut et lui parler doucement à l'oreille lorsqu'il l'a ramenée vers son box. Ce garçon n'a aucune notion de politesse, mais je dois reconnaître qu'il est plutôt doué avec les chevaux.

Alors que j'ai presque résolu de ravaler ma fierté et de tourner la page, il entre en classe, lance son sac sur sa table et me décoche un regard glacial.

– Tu es contente de toi ? me siffle-t-il.

– Contente ? De quoi ?

– Tu n'es pas au courant ?

Il secoue la tête.

– Ou bien tu t'en fiches ?

– De quoi ? j'insiste.

Pour toute réponse, il me tourne le dos. Mr Harper commence son cours et je reste assise là pendant quarante-cinq minutes, à grincer des dents en me demandant comment j'ai pu ne serait-ce qu'envisager de remercier Stevie. Il est plus acide que du jus de citron et plus amer qu'un café sans sucre.

Quel sale type ! Je ne sais pas comment il se débrouille, mais il parvient toujours à me faire culpabiliser.

Je rumine ses remarques pendant toute la leçon ; quand la cloche sonne, je décide que je ne peux pas laisser passer ça. Je dis à Sarah que je dois parler des antilopes en danger à Mr Harper – elle a beau être ma meilleure amie, dès qu'il est question de garçons, elle devient insupportable. Ces derniers temps, elle s'intéresse bien plus à qui est amoureux de qui qu'au sort des rhinocéros blancs et des baleines bleues. Et je n'ai pas du tout envie qu'elle colporte des rumeurs à mon sujet. J'attends qu'elle sorte de la classe, puis je me dépêche de rattraper Stevie dans la cour. La moutarde me monte au nez.

– Hé! Faut qu'on discute! je lui crie.

Il se retourne et hausse les épaules.

– Je n'ai rien à te dire.

– C'est quoi ton problème? Pas étonnant que tu n'aies aucun ami et que tout le monde te trouve bizarre! Tu adores faire du mal aux autres, en fait!

Il tressaille comme si je l'avais giflé.

– La ferme, gronde-t-il. Tu ne sais pas de quoi tu parles.

– Si, je le sais très bien. Toi, par contre, tu racontes n'importe quoi. Pourquoi tu m'as demandé si j'étais contente de moi tout à l'heure?

Il secoue la tête.

– Tu es la fille la plus gâtée et la plus égoïste que je connaisse. Quand tu as prétendu avoir l'autorisation de monter Coconut, tu mentais, pas vrai?

– Non, je…

— Tu as menti, ça a dégénéré, et Kelly a eu des problèmes.

— Et moi, alors ? Je me suis blessée !

— Bien fait pour toi. Et après tout ça, tu n'as même pas pris la peine de t'excuser ou d'appeler le centre pour savoir ce qui se passait.

Je me sens soudain un peu mal à l'aise.

— Pourquoi… il s'est passé quoi ?

— Plein de choses. Ils vont vendre Coconut. Alors j'espère que tu es fière de toi. Tout est ta faute.

Il me tourne le dos, et je reste plantée au milieu de la cour, envahie par la honte et la culpabilité.

Soudain, le bus klaxonne et démarre ; j'ai juste le temps de courir pour monter à bord.

Je me sens encore mal en arrivant à la maison. Comme mes cours finissent un peu avant ceux du lycée, je rentre généralement la première. J'ai l'intention de demander à maman si on peut appeler les propriétaires du centre équestre pour les supplier de garder Coconut. Je n'y crois pas vraiment, mais ça ne coûte rien d'essayer. Lorsque j'entre dans la cuisine, je trouve maman et Paddy en train de danser, une coupe de champagne à la main. Fred bondit à leurs pieds et même Joyeux Noël a réussi à se faufiler à l'intérieur pour se blottir dans un fauteuil.

Ce spectacle suffit à me redonner le sourire.

– C'est donc comme ça que vous vous occupez pendant qu'on est à l'école ?

– Oh, Coco, ma chérie, on a quelque chose à fêter ! répond maman en riant. Tu ne devineras jamais !

– Attends voir… vos trois mois de mariage ? Ou alors vous avez gagné au Loto ?

– Presque, intervient Paddy. Nous venons de décrocher un gros contrat avec la chaîne de magasins Miller-Brown ! Ils ont reçu mes échantillons lundi dernier, et ils les ont adorés. Ils nous proposent de fournir leurs cinquante enseignes principales, avec possibilité d'extension à l'ensemble des points de vente du pays si ça marche bien…

– Je suis sûre que ça va marcher, déclare maman en remplissant une flûte de limonade pour moi. Tout le monde va s'arracher nos chocolats, parce que ce sont les meilleurs du monde et que, désormais, on les trouvera partout !

Je trinque avec eux.

– Il y avait le mien dans le lot d'échantillons ? Celui auquel tu as donné mon nom ?

– Bien sûr. J'ai mis un exemplaire de tous ceux que j'ai inventés pour vous. Cœur Cerise, Cœur Guimauve, Cœur Mandarine et Cœur Coco. Il y en a même un qui s'appelle Cœur Vanille, le parfum préféré de Honey – même si elle prétend ne pas aimer les sucreries…

Tu parles. Elle adore ça, c'est Paddy qu'elle déteste.

— Les responsables de Miller-Brown sont emballés, continue-t-il. Par tout le concept – les parfums, les noms, les boîtes, la démarche équitable… Cette commande est *énorme*. Ça pourrait même nous permettre de faire enfin des bénéfices. J'ai du mal à y croire !

C'est alors qu'une idée commence à germer dans mon esprit.

Coconut est à vendre. Bon, d'accord, c'est un peu ma faute. Mais peut-être que, justement, je pourrais me rattraper : si on avait les moyens de la racheter, l'histoire se terminerait bien. Ce n'est pas si inconcevable !

L'espoir gonfle en moi comme une bulle de chewing-gum, rose et sucré.

8

Je décide de tenter ma chance.

– On va devenir riches? On va avoir plein d'argent?

– Riches? Je n'irai pas jusque-là, répond Paddy. On pourra rembourser notre prêt, c'est déjà bien.

Mince, le prêt. J'avais oublié.

– Avec un peu de chance, on pourra même s'offrir un repas chez l'Indien, ajoute maman sur le ton de la plaisanterie. Et qui sait, peut-être que je pourrai laisser tomber le bed and breakfast pour que Tanglewood redevienne une vraie maison de famille.

– D'accord. C'est génial. Mais donc… on aurait de quoi acheter un poney, par exemple?

– Un poney?

– Maman, le centre équestre va vendre Coconut! Je suis en partie responsable, et je me disais que si on pouvait la racheter…

Maman lève une main pour m'interrompre.

– Oh, oh, une minute. Trois choses. D'abord, si cette ponette est vendue, ce ne sera pas à cause de toi – elle n'est clairement pas faite pour être montée par des enfants. Ensuite, non, je suis désolée, mais nous n'avons pas les moyens. Avant de toucher quoi que ce soit, il va d'abord falloir terminer la commande ! Et troisièmement… même si on avait assez d'argent pour acheter un poney, je ne pense pas que je choisirais Coconut. Tu es déjà tombée une fois. Elle n'est pas fiable !

– Mais si ! Elle est géniale, c'est pour ça qu'il faut la sauver… maman, rien ne me ferait plus plaisir ! Ce serait mon seul cadeau pour tous les anniversaires et tous les Noëls de ma vie ! S'il te plaît !

– Coco, écoute-moi…

– Tu vas y réfléchir ? Hein, dis ? Juste réfléchir ? On pourrait peut-être payer Jenna et Roy en plusieurs fois. Tu sais bien que j'ai toujours voulu un poney, et j'adore Coconut ! Je ne te demanderai plus jamais rien, promis, juré, craché !

Maman et Paddy échangent un regard pensif. Les battements de mon cœur s'accélèrent. Ils vont peut-être y penser !

– On en reparlera plus tard, conclut maman. Ce genre de décision ne se prend pas à la légère et ce n'est pas le bon moment, pour toutes sortes de raisons. Alors oui, on va y réfléchir et en discuter, mais ça s'arrête là. Ne te fais pas d'illusions. Je ne te promets rien.

Je souris de toutes mes dents.

– Oh, merci maman! Merci Paddy!

Je trinque à nouveau avec eux avant de monter le volume sur l'iPod de maman. Je suis tellement heureuse que ma tête va éclater. Bon, maman n'a pas dit oui, mais… elle n'a pas non plus dit non. Il y a encore de l'espoir!

Elle recommence à danser et m'attrape par la main. Tous les trois, on improvise une chorégraphie sur *Dancing Queen* d'Abba quand Cherry, Summer, Skye et Honey rentrent du lycée, le visage grave. Elles tiennent chacune une grande enveloppe en papier kraft.

Je me rappelle que Cherry a parlé des bulletins scolaires. J'ai l'impression que la fête ne va plus durer longtemps.

Maman et Paddy nous racontent encore une fois l'histoire de la commande miracle en servant de la limonade, comme s'ils n'avaient rien remarqué. Mes sœurs jouent le jeu, posent plein de questions et félicitent Paddy en rêvant de gloire et d'un monde où le chocolat coule à flots.

Seule Honey garde le silence. Elle patiente aussi longtemps qu'elle le peut, puis lance son enveloppe sur la table d'un air de défi.

– Tenez, dit-elle. Autant en finir tout de suite. C'est le jour des bulletins. Je sais que mes résultats ne seront pas terribles, mais j'ai fait des efforts, alors…

Paddy et maman, soudain silencieux, s'installent à table pour ouvrir l'enveloppe. Skye se mord les lèvres, Summer regarde fixement le plafond et Cherry a l'air de vouloir se transformer en petite souris.

Honey est la plus détendue. Assise sur la table, elle attrape une pomme dans la corbeille à fruits d'un geste insouciant. J'admire sa confiance en elle.

Pour être honnête, je suis un peu surprise qu'elle soit là – elle doit bien se douter de ce qui l'attend. Mais peut-être que, comme elle l'a expliqué, elle préfère en finir tout de suite.

Les sourcils froncés, maman parcourt la première page, puis feuillette soigneusement les autres. Paddy lit par-dessus son épaule. Au bout des plus longues minutes de tous les temps, maman repose le bulletin en secouant la tête.

– Eh bien… que dire ?

– Ça va ? demande Honey en croquant dans sa pomme. J'ai progressé ?

Ses cheveux mi-longs lui balaient le visage tandis qu'elle leur jette un regard anxieux.

Maman éclate de rire.

– Voyons, Honey, bien sûr que ça va ! C'est un excellent bulletin ! Le meilleur que tu m'aies rapporté depuis l'école primaire. Bravo! Je suis fière de toi. Je savais que tu y arriverais!

Skye se tourne vers moi, perplexe. Il y a quelque chose qui cloche.

– *L'attitude de Honey s'est nettement améliorée*, lit Paddy à voix haute. *Elle travaille dur pour rattraper le temps perdu; élève intelligente, serviable; c'est un bonheur de l'avoir en classe…* félicitations, Honey!

Ma grande sœur descend de la table.

– Je me sens mieux! déclare-t-elle en riant. Bon, les filles, à votre tour. Prêtes?

Tandis que Skye, Summer et Cherry remettent leurs carnets de notes aux parents, je ne peux pas m'empêcher de jeter un œil à la première page de celui de Honey. J'ai encore du mal à croire ce que je viens d'entendre.

Pourtant, c'est bien écrit là, noir sur blanc, au-dessus de la signature du principal: «Absences: aucune.»

Skye, Summer et Cherry ont toutes rapporté des notes convenables. Pour ma part, j'ai reçu mon bulletin avant les vacances, et il était plutôt bon lui aussi. Mais évidemment, Honey nous vole la vedette. Du jour au lendemain, ma sœur à problèmes s'est transformée en élève modèle.

– J'ai dû mal comprendre, me souffle Skye pendant que je sors mon violon et mets mon bonnet panda pour aller répéter dehors. Peut-être que le prof d'arts plastiques a confondu Honey avec quelqu'un d'autre ?

Ça m'étonnerait. C'est la seule matière que Honey apprécie ; ce professeur est celui qui la connaît le mieux. Et ma sœur n'est pas du genre à passer inaperçue. Mais puisque c'est écrit dans le bulletin...

Je grimpe dans mon chêne et, adossée contre le tronc, je joue quelques gigues sur mon vieux violon. Comme les feuilles sont presque toutes tombées, je vois le ciel s'assombrir entre les branches. Paddy a commandé à manger à La Rose du Bengale, le restaurant indien du village. À la surprise générale, Summer a réclamé des beignets de légumes et du chutney à la mangue. Commence-t-elle à aller mieux ?

C'est vraiment un soir de fête : la commande de la chaîne de grands magasins pourrait être le début du succès pour la chocolaterie ; peut-être que Honey s'est réellement décidée à travailler et va récolter d'excellentes notes à ses examens. Qui sait ?

Moi, j'attends de le voir pour y croire.

De toute façon, la seule chose qui m'intéresse, c'est de trouver une solution pour sauver Coconut et avoir enfin un poney à moi. Maman et Paddy doivent être en train d'en parler en ce moment, tout en dressant la table et en remplissant les flûtes de champagne et de limonade. Bien sûr, ils voudront en savoir plus sur la ponette : si on peut la dresser, lui faire confiance...

Ils voudront discuter du prix avec Jenna et Roy, et vérifier qu'on peut louer une parcelle du champ du voisin.

Mais tout est encore possible.

Je m'imagine en train d'acheter des selles, des brides et des couvertures pour mon poney. Joyeux Noël acceptera-t-elle de partager sa bergerie ? Quand les premières étoiles s'allument dans le ciel et que la petite camionnette bleue de La Rose du Bengale apparaît dans l'allée, je suis si heureuse et pleine d'espoir que j'en ai la tête qui tourne.

e parviens à éviter Stevie jusqu'à la fin de la semaine. Alors comme ça, il me trouve gâtée et égoïste, et il pense que Coconut est à vendre à cause de moi ? Très bien. Je me moque complètement de son avis. Ce n'est pas parce qu'il s'inquiète pour la ponette que ça le rend plus sympathique.

En tout cas, j'espère que maman et Paddy vont bientôt se prononcer. Je n'arrête pas de demander à maman d'appeler le centre équestre, mais elle répond inlassablement que ce genre de décision ne se prend pas du jour au lendemain. Elle ne veut pas se retrouver avec un animal indomptable sur les bras.

Le simple fait qu'elle envisage de l'acheter me suffit. J'ai l'intention de m'excuser auprès de Jenna et Roy pour ce qui s'est passé la semaine dernière. Ensuite, je leur annoncerai qu'on est intéressés par Coconut. Avec un peu de chance, ils en parleront à maman quand elle viendra me chercher après mon cours – et quand elle la verra, je sais qu'elle l'adorera.

Comme d'habitude, j'arrive en avance. Je constate avec soulagement que Stevie n'est pas là. Par contre, un gros quatre-quatre gris métallisé est garé devant le centre. Un van y est attelé. Je me dirige vers les vestiaires pour me changer, et en passant devant le bureau, j'aperçois un homme au visage dur vêtu d'un costume en tweed marron. Il est en train de parler avec Jenna et Roy. Il a une allure assez élégante, froide et professionnelle. Ça doit être un vétérinaire ou un représentant en selles et couvertures.

Il me jette un regard indifférent.

Lorsque je ressors cinq minutes plus tard pour ranger mon sac et mes vêtements dans un casier, l'homme est encore là. Ça ne m'arrange pas : je comptais expliquer maintenant à Jenna et à Roy que j'aimerais devenir la nouvelle propriétaire de Coconut, à condition qu'ils ne soient pas trop pressés de la vendre. Ils ont tous l'air très concentrés. L'avantage, c'est que ça me laisse encore un peu de temps avant de devoir m'excuser pour avoir raconté des mensonges à Kelly. Je les verrai après mon cours.

Dehors, il n'y a toujours pas trace de Stevie. Je commence à me demander s'il a changé ses horaires pour m'éviter. Ou mieux encore, peut-être qu'il a été renvoyé ?

Kelly a sellé Bailey, un rouan fraise. C'est le poney

le plus lent et le plus lourd de Woodlands – même une grand-mère de quatre-vingt-treize ans le trouverait trop placide. Mais ce n'est pas le moment de protester, alors j'accepte les rênes que Kelly me tend.

– Tu as vu Stevie ? me demande-t-elle tandis que je monte en selle.

– Non, désolée…

– Bon sang, je rêve… il aurait pu prévenir qu'il ne viendrait pas. Je le croyais passionné par son travail, mais j'ai dû me tromper.

Donc il n'a pas été renvoyé. Pas encore.

Kelly enfourche Strider, un des plus grands poneys, et le dirige vers la grille.

– Jenna et Roy voulaient que Stevie sorte Coconut dans le paddock, ajoute-t-elle. Bon. Ils se débrouilleront sans lui. Allons-y. On n'est que toutes les deux aujourd'hui : les petits Dempsey ont la varicelle, Jake est chez le dentiste, Courtney et Linda sont à une fête. On va être tranquilles ! J'ai pensé qu'on pourrait faire une balade en forêt.

– Je peux la sortir, moi, si tu veux. Ça ne me dérange pas. D'ailleurs, je veux bien remplacer Stevie aussi, au lieu d'aller me promener. Et puis, s'il a démissionné, je…

– Hors de question, décrète sèchement Kelly, attendant que j'aie franchi la grille pour la refermer. Stevie va bien finir par arriver, et ta mère a payé ton cours.

Jenna et Roy ont été très clairs : tu n'as plus le droit de t'approcher de Coconut. Tu n'as pas été honnête avec moi la dernière fois, pas vrai ?

Je baisse la tête.

À pas lents, Strider et elle se dirigent vers la forêt. Je les suis en disant :

– Je suis désolée. Je n'avais pas l'intention de te causer des problèmes. J'essayais d'aider Coconut, de vous prouver qu'elle était sage et fiable. C'est ma ponette préférée. Il y a quelque chose de fort entre nous, tu sais. Je voulais juste m'assurer qu'elle resterait à Woodlands.

– C'est plutôt raté, alors, soupire Kelly.

– Ne dis pas ça… Coconut est à vendre, et tout est ma faute !

– Ne sois pas trop dure envers toi-même. Ça serait probablement arrivé de toute façon. Elle a toujours été difficile. Jenna et Roy ne veulent pas prendre de risques en la gardant.

– Oui, mais moi, j'ai un plan. J'en ai parlé à ma mère, et devine quoi ? On va sans doute acheter Coconut.

Kelly a l'air surprise.

– C'est vrai ? Ta mère a dit ça ?

Je grimace.

– Pas exactement… enfin, elle a dit qu'elle y réfléchirait. Peut-être.

– Peut-être ? Tout ça me paraît bien flou !

– Pas du tout! je proteste tandis que nos poneys avancent entre les arbres, faisant craquer les brindilles et les feuilles sèches sur leur passage. J'y travaille. Je parviendrai à la convaincre.

– On parle d'un poney, Coco, pas d'un nouveau jeu vidéo! Tu ne peux pas harceler ta mère jusqu'à ce qu'elle cède. C'est un projet qui demande énormément d'investissement.

– Je sais! Bien sûr! Je m'investirai à cent pour cent!

Le regard de Kelly exprime un mélange de tristesse, de pitié et d'exaspération. Je devine qu'elle pense la même chose que tous les autres. Que je suis trop jeune, trop bête, qu'on ne peut pas me prendre au sérieux.

– Honnêtement, je ne crois pas que ça se fera, reprend-elle. Pour des tas de raisons. Coconut est un animal compliqué. Je sais que tu l'adores, et c'est vrai qu'il existe un lien entre vous. Mais quand bien même ta mère serait d'accord pour l'acheter, Jenna et Roy ne la vendraient jamais à une débutante.

– Je leur parlerai. Je m'excuserai, je leur expliquerai que je ne suis peut-être pas la meilleure cavalière au monde, mais… elle mérite un foyer où elle sera aimée. Il faut qu'ils me laissent une chance, Kelly!

– Coco, je suis navrée, mais j'ai bien peur que tu arrives trop tard. Tout est déjà quasiment réglé. Le monsieur qui était dans le bureau va l'emmener.

Cette nouvelle m'assomme. Puis la tristesse m'envahit. Trop tard. Coconut a été vendue.

– Est-ce que je peux faire ou dire quelque chose pour les arrêter ?

– J'en doute. Mais c'est mieux comme ça, tu sais. Mr Seddon a l'habitude de dresser des chevaux, il sait dans quoi il s'engage. Il va la calmer. Et puis il est riche – il a une grande maison avec un paddock et une écurie sur la route de Hartshill. Ne t'inquiète pas, elle aura une belle vie là-bas.

Je n'en suis pas convaincue. Je n'ai pas aimé l'allure de ce type. Il était trop froid, trop distant. S'il achète Coconut, je ne la reverrai jamais.

Les larmes me montent aux yeux. Kelly, très embêtée, tente de me distraire en partant au trot, puis au petit galop le long de la prairie qui borde la forêt. Plus tard, quand nous revenons par le sentier arboré, nous croisons le quatre-quatre gris métallisé qui s'éloigne lentement du centre avec son van.

Je n'ai même pas eu le temps de dire au revoir à Coconut.

10

Alors que je ramène Bailey à son box, une silhouette émerge de l'ombre.

– Bien joué, Coco, me lance Stevie d'un ton glacial. Grâce à toi, Coconut appartient maintenant à cette saleté de Seddon. Génial. Vraiment génial.

– Hein ? Kelly m'a dit qu'il était riche et connaissait bien les chevaux. D'après elle, Coconut sera heureuse chez lui.

– Elle ne le connaît pas.

Il me tourne le dos et entre dans le box vide.

– Pourquoi tu le traites de saleté ? Tu ne peux pas insulter les gens comme ça !

– Je sais de quoi je parle.

Il ramasse la paille souillée avec une pelle.

– Tu n'aimes pas les brutes qui martyrisent les autres, pas vrai ? reprend-il.

– Évidemment, personne ne les aime.

– Eh bien, c'est exactement ce qu'est Seddon.

Il martyrise les animaux, les êtres humains, tout le monde.

– Ah oui, alors tu étais où, tout à l'heure ? Tu aurais pu dire quelque chose, tout arrêter! Jenna et Roy n'auraient jamais vendu un de leurs animaux à un type pareil, s'ils avaient su!

– J'ai eu un empêchement. Mais je ne vois pas en quoi ça te regarde.

– Tu as parlé à Jenna et Roy de ce que tu sais ?

– À quoi bon ? L'affaire est conclue. Les types comme Seddon gagnent toujours.

Il referme la porte d'un coup de pied, me laissant bouche bée.

J'essaie de me sortir de l'esprit le visage dur et le regard froid de l'homme en tweed, mais je n'y arrive pas. Est-ce un riche propriétaire qui aime les chevaux, comme le pense Kelly, ou une brute ? Je l'imagine tirant violemment sur les rênes de Coconut, enfonçant ses talons dans ses flancs, perdant patience parce qu'elle n'obéit pas.

Y a-t-il réellement de quoi s'inquiéter, ou Stevie me mène-t-il en bateau ? Si c'est son intention, ça fonctionne. Je n'arrive plus à me concentrer. Je dois faire confiance à Jenna et Roy mais… et si Stevie savait quelque chose qu'ils ignorent ?

— Tu pourrais téléphoner à Jenna et Roy pour leur dire qu'on est toujours intéressés par Coconut? je suggère à maman en rentrant à la maison. Au cas où ça se passerait mal dans sa nouvelle maison.

Elle secoue la tête.

— Coco, ma chérie, tout ira bien pour elle. Dans l'absolu, je serais ravie de pouvoir t'offrir un poney un jour... mais pas celui-là. Et pas maintenant. Nous devons nous concentrer sur *La Boîte de chocolats*. Sinon nous n'aurons pas de quoi manger ni régler les factures, et encore moins de quoi acheter un cheval!

Le samedi matin, je contemple le défilé des livraisons de cacao brut, de sucre et d'arômes naturels. Des piles de boîtes en carton aplaties s'entassent dans une des chambres du bed and breakfast, en attendant d'être montées. Paddy a engagé Harry, le retraité qui l'avait remplacé pendant trois semaines lors de son voyage de noces avec maman. Il est même question de prendre quelques intérimaires afin de venir à bout de la commande éléphantesque.

Mes sœurs n'ont pas l'air d'être dérangées par le chaos qui règne à la maison. Cherry travaille à la rédaction d'un magazine pour son cours d'anglais; elle a recouvert la table de dessins, de photos et de fragments de textes imprimés. Summer répète ses exercices de barre contre la cuisinière, et Skye, assise dans un fauteuil, se fabrique une robe style années vingt à partir d'un vieux rideau en velours. Quant à Honey, inutile de préciser qu'elle est encore au lit.

En temps normal, je serais occupée à préparer une pétition pour la sauvegarde des tigres blancs de Sibérie ou à peindre une banderole pour protester contre les essais cosmétiques sur les animaux. Mais aujourd'hui, je n'ai pas le cœur à ça. Plus je pense à Coconut, plus la peur, l'inquiétude et la confusion m'envahissent.

Personne ne remarque que je ne suis pas dans mon assiette. D'ailleurs, personne ne me remarque tout court – je pourrais aussi bien être invisible.

Prise d'une soudaine inspiration, j'attrape l'annuaire et cherche le nom «Seddon». Il n'y en a qu'un: un certain J. Seddon, domicilié à Blue Downs House, Hartshill. Grâce à la vieille carte des environs qui se trouve dans la bibliothèque du salon, je ne tarde pas à localiser la propriété, à une dizaine de kilomètres de chez nous. Si proche, et pourtant si loin.

J'essaie de me persuader que Coconut va bien, que Stevie n'est qu'un garçon amer qui cherche à se venger parce que je l'ai empêché de frapper un autre élève. J'essaie de ne pas penser aux lèvres pincées et au regard glacial de Seddon.

Pourtant, j'ai du mal à imaginer cet homme montant un poney exmoor à demi sauvage. Il a peut-être acheté Coconut pour ses enfants? Je me représente un petit garçon aux joues couvertes de taches de rousseur et au sourire espiègle. Il la caresserait, lui apporterait des carottes, des bonbons à la menthe, du foin frais… Mais saurait-il que sa friandise préférée, ce sont les petites tranches de pomme ? Sans doute pas.

Et si la ponette faisait tomber ce garçon imaginaire ? Que se passerait-il ?

— Je sors. Je vais jusque chez Sarah en vélo. Je ne rentrerai pas tard.

Après avoir mis mon bonnet panda, je vais récupérer mon vélo dans la cabane du jardin. En réalité, je n'ai aucune intention d'aller voir Sarah.

C'est une journée d'automne fraîche et ensoleillée. À force de pédaler, je ne tarde pas à me réchauffer. Je traverse le village pour prendre la route de Hartshill.

Je n'ai aucune idée précise de ce que je ferai quand je serai à Blue Downs House, mais je dois absolument y aller et voir Coconut une dernière fois, ne serait-ce que pour lui dire au revoir. Après, je pourrai enfin tourner la page.

Du moins, je l'espère.

11

Je prends à droite au carrefour après la sortie du village, en direction des collines. La pente devient de plus en plus raide, et par moments, je dois descendre de mon vélo pour le pousser. En arrivant à un sommet balayé par le vent, je découvre en contrebas une grande ferme aux murs blancs flanquée d'une cour pavée, de quelques dépendances et d'un paddock en bordure de forêt. Mis à part un lotissement de quatre maisons un peu plus loin, la ferme est complètement isolée au milieu des champs, imposante et un peu sinistre.

Je descends la côte en roue libre. Lorsque j'aperçois des silhouettes et un poney dans le paddock, je freine brutalement. Je me réfugie sous les arbres et cache mon vélo derrière un mur couvert de mousse à moitié écroulé.

Malgré le froid, je me déplace le plus lentement possible pour éviter de faire craquer les branches.

Soudain, j'entends des voix tout près ; je m'accroupis et jette un coup d'œil entre les feuilles. Mr Seddon se tient au milieu du paddock à côté d'une petite fille de sept ou huit ans. Il fait tourner Coconut au bout d'une grande longe.

Kelly m'a dit qu'il avait l'habitude de dresser des chevaux, alors je suppose qu'il est en train de tester la ponette pour apprendre à la connaître. Elle trotte souplement, mais semble fatiguée, comme si l'exercice durait depuis longtemps. La fillette la regarde avec inquiétude.

Tout à coup, un claquement sec retentit et Coconut se cabre en poussant un hennissement de désespoir. Le bruit recommence : c'est Seddon qui manie un énorme fouet. La ponette tente de s'écarter, mais il la ramène vers lui et frappe encore. Cette fois, la mèche atteint Coconut aux flancs. Les yeux révulsés, elle tire sur sa longe, terrifiée.

Je voudrais me précipiter dans le paddock, arracher le fouet des mains de Seddon, envoyer valser cette brute tête la première dans une flaque. Je rêve de saisir la longe et d'emmener Coconut loin d'ici, mais la peur et la raison m'en empêchent. Je n'ai que douze ans, je mesure à peine un mètre cinquante-cinq, et je me vois mal me battre avec un homme armé d'un fouet – même si ce n'est pas l'envie qui m'en manque.

Surtout, ne pas céder à la panique. Je dois rester

calme et garder la tête froide. C'est plus facile à dire qu'à faire. J'ai la nausée. Pourquoi effrayer délibérément un cheval déjà très nerveux, puis le frapper parce qu'il a sursauté? Mon cœur bat si fort qu'on doit l'entendre de l'autre côté de la planète. Je me force à rester immobile à l'abri des arbres.

– Arrête! supplie une petite voix.

C'est celle de la fillette, qui tire sur la manche de Seddon.

– S'il te plaît! Laisse-la tranquille!

– Il faut qu'elle apprenne, aboie-t-il en repoussant l'enfant. Ce n'est qu'un animal obstiné. Elle a besoin de discipline.

– Tu lui fais mal! Et elle a peur!

– Tu voulais un poney, n'est-ce pas?

– Oui, mais…

– Il n'y a pas de mais qui vaille, gronde Seddon.

Le fouet claque et Coconut se remet à trotter en ouvrant de grands yeux.

– C'est comme ça que ça marche, Jasmine. Les animaux doivent comprendre qui est le maître; et ici, c'est moi. Crois-moi, elle finira par apprendre. Peu importe le temps qu'il faudra.

La petite fille est en larmes. Seddon ne s'en soucie pas une seconde, même quand elle tombe à genoux et enfouit son visage entre ses mains. Il continue de faire tourner Coconut au bout de la longe, encore,

encore et encore. J'ai peur qu'elle finisse par s'écrouler d'épuisement.

Il ne s'arrête qu'une heure plus tard, lorsque le soir commence à tomber. Il attrape Coconut par le licou et entraîne la petite. Je les regarde s'éloigner vers la maison.

La nouvelle vie de Coconut ne ressemble pas du tout à ce que j'avais imaginé. Il n'y a ni petit garçon plein de taches de rousseur ni morceaux de carotte ni pommes. Et Seddon est exactement comme Stevie l'avait décrit : horrible et cruel. Ça leur fait au moins un point commun.

Je m'appuie contre un arbre le temps de reprendre mes esprits. Est-ce que je dois prévenir la SPA ? Me croiront-ils ? Est-ce assez grave pour justifier une intervention, ou vont-ils se contenter de donner un avertissement à Seddon ? Et s'il m'accusait d'avoir menti ?

Je ferais peut-être mieux d'appeler Jenna et Roy à Woodlands. Ils seraient très contrariés d'apprendre que Coconut est maltraitée – et qui sait, ils demanderaient peut-être à la récupérer. Je fronce les sourcils. Seddon a payé pour elle, alors ça m'étonnerait qu'il y renonce si facilement.

Mais je ne peux pas abandonner Coconut dans cet endroit. Je dois la tirer de là, par n'importe quel moyen.

Un plan commence à prendre forme dans mon

esprit. Assise sur une souche, je sors le téléphone mobile qu'on m'a offert pour mes douze ans et je compose le numéro de Cherry. Elle décroche au bout de trois sonneries.

– C'est moi, Coco, je murmure en frissonnant. Tu es seule? Tu peux parler? J'ai besoin d'un service. Mais c'est un secret!

– Coco? Oui, je suis dans ma chambre, mais... de quoi tu parles? Où es-tu? Quel secret? Et... pourquoi moi?

Par où commencer?

– Tu es la seule qui me prenne au sérieux dans cette famille. Écoute... j'ai besoin que tu me couvres. Je ne te le demanderais pas si ce n'était pas *vraiment* important. C'est une question de vie ou de mort.

– *Quoi*? s'écrie Cherry.

– Du calme. Ça va. Je voudrais juste que tu dises à maman et à Paddy que j'ai téléphoné et que je vais dormir chez Sarah.

– Tu n'es pas avec elle?

– Bien sûr que non. Alors, tu veux bien?

– Qu'est-ce qui t'arrive? Où vas-tu passer la nuit, si tu n'es ni à la maison ni chez Sarah?

– Je vais rentrer, promis. Mais très tard. Alors pour éviter que maman s'inquiète, je dormirai dans la roulotte. Je t'expliquerai plus tard. Fais-moi confiance, Cherry, s'il te plaît.

– Oh, Coco ! Tu as des problèmes ?

– Non, non, je vais bien. Je te le jure. Tu sauras tout demain. Tu veux bien me couvrir ?

Un silence s'installe. Puis elle soupire.

– Tu me promets que tu ne t'es pas fourrée dans une sale histoire ?

– Oui. Il n'y a rien de grave. S'il te plaît, Cherry…

J'imagine l'expression de ma demi-sœur, partagée entre l'inquiétude et la solidarité.

– OK, finit-elle par lâcher, un peu à contrecœur. Je dirai à papa et Charlotte que tu dors chez Sarah. Je ne sais pas ce que tu mijotes, mais fais attention, d'accord ?

– Promis. Merci, Cherry !

Après avoir raccroché, j'appelle Sarah pour m'assurer qu'elle confirmera mon histoire au cas où maman déciderait de vérifier. Il y a peu de chances que ça arrive, car Sarah et moi passons souvent la nuit l'une chez l'autre, mais mieux vaut être prudente. J'explique à mon amie que je suis en mission secrète pour une affaire de cruauté envers les animaux, et que je lui en dirai davantage lundi. Quand elle me propose de venir m'aider, j'hésite, jusqu'à ce qu'elle se souvienne que son vélo a un pneu crevé.

– Je peux demander à mon père de me déposer en voiture, suggère-t-elle.

Mauvaise idée : se faire conduire au milieu de nulle

part en pleine nuit par un parent éveillerait tout de suite les soupçons.

– Tu es sûre ? Je pourrais apporter une thermos de soupe. Et des couvertures. Et des lampes torches !

C'est très tentant. J'aurais bien aimé avoir quelqu'un pour me tenir compagnie dans les bois. Mais je dois affronter seule l'obscurité et le froid qui s'infiltre jusque dans mes os.

– Ça ira, je réponds. Pas de problème.

Nous échangeons quelques messages, puis la mère de Sarah l'appelle pour dîner. J'imagine mes sœurs, rassemblées autour de la table de la cuisine, en train de discuter, de rire et de manger bien au chaud près de la cuisinière. Je les vois, étendues sur les gros canapés bleus, regardant la télé, se disputant pour savoir qui doit préparer les chocolats chauds ou s'il est déjà l'heure d'aller au lit.

Une chouette passe sans un bruit au-dessus de ma tête, et ses ailes blanches qui battent entre les branches me font sursauter. Je préférerais être à la maison avec mes sœurs plutôt qu'ici, pelotonnée dans ma veste contre un arbre, attendant minuit à des kilomètres de chez moi.

12

près avoir somnolé un peu, je me réveille avec un torticolis, transie jusqu'à la moelle. Si je ne bouge pas, les équipes de secours me retrouveront dans quelques jours, morte de froid et du manque de chocolat chaud sous mon bonnet panda. Je me frotte les mains pour activer la circulation du sang, et tape du pied sur le sol couvert de feuilles mortes et de brindilles.

Mon téléphone indique onze heures moins le quart. Il y a encore de la lumière dans la maison. Ils vont bien finir par aller se coucher.

Je sors tout doucement du bois et longe le paddock à pas de loup. Tout est silencieux. Je m'arrête un instant à l'entrée de la cour, aux aguets. À l'étage, quelqu'un tire les rideaux et éteint les lampes. Je vois passer la silhouette d'une femme derrière une des fenêtres du rez-de-chaussée. Elle tient deux verres à la main.

Un chien, attaché à sa niche, renifle dans ma direction en tirant sur sa corde.

N'aboie pas, je pense. *S'il te plaît, n'aboie pas...*

Il me semble entendre du bruit près de l'écurie, mais j'ai beau ouvrir grand les yeux et les oreilles, je ne distingue rien. C'était peut-être Coconut qui remuait dans son box.

J'ouvre la grille avec précaution, puis j'avance lentement dans la cour. Le chien, un bâtard pelé, ne me quitte pas du regard. Il jappe une fois, mais se tait dès que je commence à lui parler. Les chiens sont comme les gens. Quand ils sont énervés, il suffit parfois de quelques mots pour les calmer. De toute façon, je ne pense pas que celui-ci en ait après moi ; il est juste maigre, seul et sans doute un peu effrayé.

Je traverse la cour pour aller jeter un coup d'œil dans le premier box – vide, tout comme le deuxième. En approchant du troisième, je reconnais l'odeur de foin un peu sucrée caractéristique des poneys.

Avant de pousser la porte, j'appelle doucement :

– Coconut ?

C'est alors qu'une ombre se dresse devant moi dans le noir. Sous le choc, je perds les pédales et recule d'un bond.

– Mais qu'est-ce que... aaaaaaah !

Une main s'abat sur ma bouche, étouffant la fin de ma phrase.

– La ferme! gronde une voix. Tu vas réveiller tout le monde!

– Hmmmmm! je gémis, avant de parvenir à me libérer.

Quand je reconnais le visage de mon agresseur, je n'en crois pas mes yeux.

– Stevie Marshall?

– Encore toi! Tu me suis partout, ou quoi?

Je m'étrangle d'indignation.

– Moi, te suivre? Et puis quoi encore, tu es dingue? Je suis venue pour Coconut. Mais toi, qu'est-ce tu fiches ici?

Il soupire. Derrière lui, la ponette a la tête plongée dans un seau de grain. Il a dû lui en apporter. Il devait s'inquiéter pour elle, lui aussi.

– Tu avais raison, je lui avoue. J'ai observé Seddon tout à l'heure quand il la faisait courir dans le paddock. Il est horrible! Tu crois qu'on devrait appeler la SPA?

– Ce serait encore pire. Tu n'imagines pas à quel point il est puissant. Il possède beaucoup de terres dans le coin, et il a des amis haut placés. Et puis il est trop malin pour se laisser prendre. Il n'a pas laissé une seule trace de coup sur Coconut: ce serait notre parole contre la sienne. On ne peut pas faire grand-chose, à part s'assurer qu'elle est nourrie correctement... La pauvre mourait de faim.

Coconut lève la tête et s'approche pour me saluer en frottant ses naseaux contre ma joue. Je la serre contre moi. J'espère qu'elle sait à quel point je m'en veux. Quand je repense aux grands yeux paniqués qu'elle avait tout à l'heure, je me rends compte que je ne pourrais jamais partir sans elle.

– On ne peut pas faire grand-chose ? je répète. Je crois que si, au contraire. On peut l'emmener loin d'ici, la sauver. Tu veux m'aider ?

– La sauver ? La voler, oui ! Tu rigoles ?

– Pourquoi pas ? Seddon a beau avoir payé, il a menti pour l'avoir. Jenna et Roy ne la lui auraient jamais laissée s'ils avaient su quel sale type il est. On ne peut pas l'abandonner, Stevie !

Il fronce les sourcils.

– Seddon est vraiment mauvais, tu sais. Il organise des chasses au faisan pour les touristes de la ville, ce qui veut dire qu'il a un fusil. Lui voler un de ses animaux, ce serait trop dangereux.

– Tu as une meilleure idée ?

Stevie rit, et pendant une fraction de seconde, dans cette écurie sombre, j'entrevois le garçon qu'il pourrait être s'il se déridait un peu. Tout son visage s'illumine – c'en est même perturbant.

– Alors… on se lance ? me demande-t-il.

– Moi, oui. Je ne t'oblige à rien.

Je me dépêche de seller Coconut, puis je l'attrape

par le licou et l'entraîne vers la cour. Le chien nous observe, l'air perdu. Stevie lui murmure quelques mots à l'oreille, et il n'aboie pas une seule fois tandis que nous refermons la grille et filons vers les bois.

– Et maintenant ? m'interroge Stevie, une fois à couvert sous les arbres. Tu as un plan ?

– Je vais cacher Coconut dans l'étable, chez moi. Notre brebis Joyeux Noël y vit, mais je suis sûre que ça ne la dérangera pas de partager.

– Qu'est-ce que tu vas dire à tes parents ?

– Je ne sais pas encore. J'ai agi sur un coup de tête, alors je n'ai pas réfléchi à tous les détails…

– Ça ne marchera jamais. Crois-moi, Seddon va devenir fou quand il verra que Coconut a disparu. Il va alerter les autorités, les journaux, tout le monde. Tes parents comprendront ce qui s'est passé, et ils lui rendront le poney. Même s'ils ne veulent pas, la police les y obligera. Non, si on veut aider Coconut, il faut la cacher quelque part où personne n'ira la chercher.

– Où, alors ? Elle n'est pas très facile à camoufler !
Il réfléchit.

– Je connais un endroit. Maintenant, si on continue… je dois te montrer quelque chose.

– Quoi ?

Stevie attache Coconut à une branche et me prend par la main. Ça me contrarie, mais avant que j'aie pu protester ou le repousser, il m'entraîne vers l'écurie. En arrivant devant le quatrième box, je reconnais une odeur de cheval mêlée à la puanteur de l'urine.

– Il y en a un autre ? je souffle.

Stevie allume une lampe torche et je découvre un poney gris pommelé en piteux état, blotti dans un coin du box. Il a le ventre rond comme une barrique. La peur se lit dans ses yeux ; il s'agite, trépigne et tente de reculer.

– Il est terrifié ! je m'exclame.

– C'est une femelle. Enceinte. Seddon l'a achetée pour trois fois rien et la néglige complètement.

Je la regarde, le cœur lourd. Sauver un poney ou en sauver deux... qu'est-ce que ça change ?

– Stevie, il faut qu'on l'emmène aussi. On ne peut pas la laisser ici !

– Je me doutais que tu dirais ça.

Je n'arrive pas à savoir s'il est content ou irrité.

– Au point où on en est... ajoute-t-il.

Doucement, il s'avance vers la ponette, lui murmure quelque chose à l'oreille, lui offre du grain puis attache une longe à son licou. Elle reste nerveuse et inquiète, mais se laisse entraîner hors de l'écurie et jusque dans les bois. Comment ce garçon peut-il être aussi doué avec les animaux et aussi asocial à la fois ?

Une demi-heure plus tard, Stevie et Coconut gravissent une colline au clair de lune, tandis que je les suis avec la ponette pommelée. Non seulement il m'a piqué mon idée, mais en plus il a pris les commandes. Il est vraiment insupportable.

– Tu te débrouilles bien, je grommelle. Tu avais déjà travaillé avec des chevaux ?

– Très souvent. Jusqu'à ce que je vienne habiter dans la région, en tout cas.

– On va où ?

– Tu verras…

Nous continuons pendant deux ou trois kilomètres, jusqu'à atteindre une lande couverte de bruyère et de fougères qui craquent sous les sabots. On n'entend que les cris rauques des bécasses et le souffle des poneys. Je suis prête à tomber d'épuisement quand la forme sombre d'une maison se dessine au loin. Stevie descend de selle.

– Les poneys devraient être en sécurité là-bas. C'est une ancienne ferme, abandonnée depuis des années. Il n'y a même pas de route pour y accéder. On pourra les mettre dans le jardin – il est fermé par un mur et envahi par les herbes. Personne n'aura l'idée de venir les chercher là. On est à des kilomètres de la nationale et comme il n'y a pas non plus de chemins de randonnée, les touristes ne passent jamais par ici. J'apporterai du grain et quelques affaires demain.

– On viendra *ensemble*, je rectifie. C'était mon plan, je te rappelle.

– Évidemment, comment pourrais-je l'oublier ? Bon, si on dit quatorze heures trente, ça te va ?

– Je pense, oui.

Je frissonne au clair de lune.

– Cet endroit est un peu flippant.

– L'important, c'est qu'il soit sûr, non ?

Pour une fois, je reconnais qu'il a raison.

13

Je me réveille tard, frigorifiée sous ma couverture, dans la roulotte. Mon chien est couché à côté de moi. La porte s'ouvre et je vois entrer Cherry avec des toasts et du chocolat chaud : je dois être au paradis.

– Fini de dormir ? me demande-t-elle en souriant. Je suis venue jeter un œil un peu plus tôt, mais personne ne bougeait.

Je n'ai aucune idée de l'heure à laquelle je suis rentrée la nuit dernière. Après être retournée récupérer mon vélo à Blue Downs House et avoir pédalé jusque chez moi, j'étais épuisée. Je me suis faufilée dans la roulotte, glissée dans le lit, et endormie aussitôt. J'ai rêvé que Coconut et la ponette grise galopaient à travers la lande ; mais ensuite, le rêve s'est transformé en cauchemar et c'est moi qui courais toute seule dans le noir, perdue, poursuivie par l'horrible Mr Seddon et son fusil.

Brrrr. Je chasse ce souvenir de ma mémoire.

— Tu es officiellement la meilleure des demi-sœurs, je déclare en prenant la tasse que Cherry me tend. Merci!

— En même temps, tu n'en as qu'une! réplique-t-elle. Je suis contente que tu aies bien dormi, parce que moi, non. J'étais morte d'inquiétude! Dis-moi ce que tu fabriquais, s'il te plaît!

— Tu me promets de n'en parler à personne? Je ne plaisante pas, ça doit rester secret. Solidarité entre sœurs, d'accord?

Cherry fronce les sourcils.

— Oui, mais… ce n'est rien de grave, j'espère? Rien d'illégal?

Je lui raconte l'histoire de Coconut.

— Si, c'est illégal! souffle-t-elle, horrifiée. Mais je comprends très bien pourquoi tu l'as fait. Pauvre Coconut!

Je bois une gorgée de chocolat.

— Je ne t'ai pas tout dit… il y avait une autre femelle là-bas. Enceinte. On ne pouvait pas l'abandonner!

— Deux poneys? Attention à toi, Coco. Ce Seddon m'a l'air vraiment dangereux. Je crois que tu devrais en parler aux parents!

— Mais Seddon va signaler le vol à la police. Alors maman et Paddy m'obligeront à rendre les ponettes. Les adultes se liguent toujours contre nous!

– Papa et Charlotte comprendraient, si tu leur expliquais la situation. Ils sauraient quoi faire.

– Je ne peux pas. J'ai promis à Stevie de me taire.

– C'est qui, ce Stevie ? Je le connais ?

– Ça m'étonnerait. Il est arrivé dans le courant de l'année dernière – avant, je crois qu'il habitait dans le nord, vu son accent. Il n'est pas très bavard.

– Méfie-toi, me prévient Cherry. Cette histoire est très grave. Je suis prête à parier que ça va faire la une des journaux et que la police va s'en mêler. Tu pourrais avoir de sérieux problèmes. C'est chouette d'avoir un ami, et même d'être un peu amoureuse, mais ne le laisse pas t'entraîner sur la mauvaise pente.

Je manque de m'étrangler.

– Euh, pardon, mais Stevie ne me plaît pas *du tout*. C'est le garçon le plus désagréable que je connaisse. Il est horrible, arrogant et mal élevé.

Cherry n'a pas l'air convaincue.

– Je te jure ! Il ne m'intéresse pas. De toute façon, ce n'est pas lui qui m'entraîne sur la mauvaise pente ; ce sauvetage, c'était mon idée. Et je suis d'accord avec lui : il vaut mieux ne pas en parler. On ne peut pas laisser Seddon récupérer Coconut. Quant à l'autre femelle, elle était terrifiée. Pas question qu'elle retourne là-bas. On doit les cacher pendant quelque temps, les nourrir, prendre soin d'elles. Je vais réfléchir à un meilleur plan, mais pour l'instant, tout ça doit rester entre nous. Tu ne me dénonceras pas, hein?

Cherry se mord la lèvre.

– Non, bien sûr. Mais ça ne me plaît pas beaucoup. Concrètement, tu as commis un vol, et si quelqu'un l'apprenait...

– Ça n'arrivera pas.

Elle soupire.

– Tu as sauvé les deux poneys, c'est super, mais... je crois que tu devrais prévenir la police. Coconut ne t'appartient pas – et l'autre, encore moins. Tu n'as pas à t'impliquer comme ça!

Je suis déjà impliquée jusqu'au cou. Il est trop tard pour reculer.

Je me dépêche de m'habiller, mais il règne une telle agitation à Tanglewood que personne n'a remarqué mon absence. Comme d'habitude, mes sœurs vaquent à leurs occupations respectives. Quant à maman et Paddy, ils font passer des entretiens pour les postes d'intérimaires. Même si je voulais me confier à eux, ça m'étonnerait qu'ils aient le temps de m'écouter. C'est toujours pareil: soit ils me traitent comme un bébé, soit ils oublient mon existence. Pour le moment, ça m'arrange: personne à part Cherry n'a la moindre idée de ce que je mijote.

Vers midi, nous nous retrouvons autour de la table

pour un brunch diététique. Même Honey a fait l'effort de se joindre à nous, souriante et serviable, parfaite dans son rôle de grande sœur modèle.

Après des œufs pochés servis avec des épinards et des champignons, nous dévorons une salade de fruits frais au yaourt. Depuis quelque temps, on mange beaucoup plus sainement à la maison – ce qui n'empêche pas Summer de continuer à chipoter dans son assiette. Ce jour-là, elle parvient à avaler une ou deux cuillerées d'œuf et quelques morceaux de fruits. Je sais qu'on a interdiction de parler de sa santé, mais ce n'est pas facile de voir sa jolie grande sœur se nourrir de quartiers de mandarine et de grands bols d'air.

Parfois, je me demande ce qui se serait passé si personne n'avait remarqué sa détresse et si elle avait intégré l'internat de danse en septembre comme prévu. Rien que d'y penser, j'en ai des frissons.

– Les filles, on compte sur votre indulgence pour les semaines à venir, nous prévient Paddy, un toast à la main. Charlotte et moi allons travailler non-stop à la chocolaterie pour boucler cette commande, alors on sera sûrement débordés. On aura besoin de tout votre soutien.

– Ne t'inquiète pas, répond Skye. On viendra vous aider.

– Vous n'aurez qu'à nous dire ce qu'il faut faire, renchérit Summer.

Je me retiens de souligner l'ironie de la situation : ma sœur anorexique se propose de fabriquer des chocolats. On croit rêver.

Maman nous sert du jus d'orange.

– Côté production, on devrait s'en sortir, nous rassure-t-elle. Nous avons engagé assez de monde pour former trois équipes qui se relaieront – une le matin, une l'après-midi, et une le soir. Si tout se passe bien, les chocolats seront en vente d'ici la fin du mois. Heureusement, le bed and breakfast est vide en ce moment, donc…

– Donc ça ira, conclut Cherry. Ne vous inquiétez pas, on peut se débrouiller sans vous. On a bien réussi pendant votre voyage de noces !

Ce n'est pas tout à fait vrai. Déjà, Mamie Kate était venue nous garder. Et puis c'est à ce moment-là que l'anorexie de Summer s'est déclarée, et que Honey a profité de l'absence des parents pour faire n'importe quoi. Elle a mis le feu à la grange, et Summer s'est retrouvée à l'hôpital à cause d'une intoxication à la fumée. Le côté positif, c'est que ça a permis aux médecins de diagnostiquer sa maladie ; c'était un mal pour un bien.

Néanmoins, je ne suis pas sûre que le voyage de noces soit un très bon exemple de notre capacité à rester seules.

Maman semble être de mon avis.

– Cette fois, ce sera différent. Paddy et moi serons très occupés, mais nous serons là en cas de besoin. Je continuerai à conduire Summer à la clinique d'Exeter. Vous passerez toujours avant les chocolats !

Elle jette un coup d'œil à Summer, qui promène des petits morceaux de fruit dans son assiette sans rien manger.

– Ça va aller, maman, dit-elle.

– Bien sûr ! J'ai rempli le congélateur, et quand vous n'aurez plus assez de vêtements propres pour aller en cours, faites-le moi savoir. On va s'en sortir.

– Mais oui, dit Honey. Ne stresse pas, maman. Deux semaines, ce sera vite passé ! Je veillerai à ce que tout marche comme sur des roulettes.

Maman sourit.

– Je sais, ma chérie. Je suis tellement contente de tes résultats. Tu vois de quoi tu es capable quand tu y mets du tien ? Je suis vraiment fière de toi !

– Arrête, proteste ma sœur en rougissant – de gêne, ou parce qu'elle se sent coupable ? Je veux juste dire que tu peux compter sur nous. Pas vrai, les filles ?

– Bien sûr, répondons-nous à l'unisson. Aucun problème.

Alors que Honey, Cherry et Skye semblent confiantes, je remarque l'ombre d'un doute dans les yeux de Summer. Pour ma part, je ne peux pas m'empêcher de penser que, sans maman et Paddy sur le dos, j'aurai plus de temps pour les poneys. Plus les parents seront occupés, moins ils feront attention à mes allées et venues.

D'ailleurs, j'en profite pour annoncer :

– Je descends au village. Pour voir Jade et Amy. OK ?

Cherry me jette un regard interrogateur, mais je détourne les yeux. Maman hoche la tête ; elle me demande simplement de ne pas rentrer trop tard et d'appeler si j'ai besoin qu'on vienne me chercher. Je promets que je le ferai, bien que ça ne risque pas d'arriver puisqu'en réalité je vais à la maison en ruine. J'ai déjà caché mon vélo derrière la roulotte, après avoir glissé un peu de foin et des pommes dans les sacoches.

Depuis quand est-ce que je mens si bien ? J'ai l'impression d'être devenue le clone de Honey, avec un penchant pour les baleines en plus et quelques centimètres de talons en moins. Alors qu'elle semble enfin décidée à tourner la page, voilà que je cours à mon tour vers les ennuis. Je n'ai jamais reculé devant rien pour protéger les animaux, mais si vendre des gâteaux pour sauver les pandas est très louable, voler des poneys, c'est vraiment grave.

Après le brunch, je grimpe dans mon chêne pour jouer un peu de violon ; mais avec les images de poneys volés, de propriétaire furieux et de garçon grincheux qui tournent dans ma tête, j'ai du mal à me concentrer. Je regarde ma montre : il me reste un peu de temps avant de partir. Alors je trompe mon ennui et mon impatience en donnant des coups de pied dans le feuillage rouge doré. Honey traverse le jardin, vêtue d'une jolie minirobe bleu canard, de collants moutarde et de grandes bottes à talons. Elle vient s'adosser contre le tronc et sort un petit miroir de son sac pour se mettre du rouge à lèvres et du fard à paupières.

Depuis mon perchoir, je me dis qu'elle est drôlement apprêtée pour quelqu'un qui est privé de sortie jusqu'à Noël.

J'ai eu tort de croire qu'elle voulait réellement tourner la page.

– Tu vas te promener ? je lui demande.

Surprise, elle pousse un cri et laisse tomber son miroir.

– Coco, c'est quoi ton problème ? grogne-t-elle en le ramassant. Tu n'en as pas marre de passer ta vie dans les arbres ? On dirait un singe.

– Ne change pas de sujet. Je croyais que tu étais punie ?

– Je vais chez Anthony. Maman est au courant. Il m'aide pour les maths. J'ai envie de progresser.

Je fronce les sourcils. Anthony, le seul passionné de maths et d'informatique de Kitnor, est un garçon bizarre qui laisse sa mère lui couper les cheveux au bol et porte des vêtements ringards. Je crois qu'il est amoureux de Honey, ce qui n'est pas réciproque.

Connaissant ma sœur, elle ne se serait pas habillée comme ça juste pour réviser des maths.

— Tu sors avec lui, alors ? je demande, jambes ballantes au-dessus de sa tête.

— Quelle horreur ! Jamais de la vie. On travaille, c'est tout.

Elle s'éloigne. Le portail qui donne sur la route grince, puis les talons de Honey claquent sur le bitume. Tout à coup, une voiture arrive, musique à fond, et j'entends des voix joyeuses l'inviter à monter.

— Chut, souffle-t-elle. Ma petite sœur est dans le coin – faites moins de bruit.

La portière claque, puis le bruit de moteur s'éloigne, et je reste seule, envahie par un mauvais pressentiment. Honey, tourner la page ? Ce n'est pas près d'arriver.

Un silence inquiétant plane sur la lande. Le trajet à vélo est moins long qu'hier: d'après Stevie, la maison abandonnée se trouve à mi-chemin entre Hartshill et Kitnor. Il m'a conseillé de prendre la route la plus éloignée de Blue Downs House. Une fois sur les hauteurs, je dissimule mon vélo dans un bosquet de noisetiers, avant de chercher le petit ruisseau dont il m'a parlé. Il mène directement à la vieille maison.

Je longe le cours d'eau, entre les fougères et les bruyères. Chaque pas a un petit goût de liberté. Oubliées, la folie de la commande de chocolats, la maladie de Summer et la dernière incartade de Honey. Il n'y a personne, et je n'entends rien d'autre que le bourdonnement d'une voiture très loin en contrebas, le cri d'une oie en plein vol, et le bruit de mes pas.

À un moment, j'aperçois une horde de poneys sauvages dans un pré. Des exmoors à la crinière sombre ébouriffée par le vent, qui me regardent passer. Si je ne trouve pas d'autre solution, je pourrais toujours lâcher Coconut dans les collines et espérer qu'elle se joigne à eux. Ça me briserait le cœur, mais au moins, elle serait en sécurité. Bien sûr, ça ne fonctionnerait pas pour la ponette grise – sa couleur la trahirait tout de suite.

Alors que je commence à me demander si j'ai suivi le bon ruisseau, la maison apparaît devant moi. À la lueur du jour, je constate qu'elle donne sur un champ entouré d'un muret de pierres sèches, derrière un jardin dont les hauts murs sont couverts de lierre. En m'approchant, je découvre une pancarte «Danger: ruine instable» fixée à la grille en fer forgé.

Je me fraie un passage à travers des buissons de jasmin dont les petites fleurs blanches me caressent le visage. Leur parfum lourd et musqué flotte dans l'air, et tout paraît si paisible sous les rayons du soleil. Le temps est comme suspendu.

Au bout du chemin, un panneau à la peinture écaillée surplombe la porte de guingois: *Jasmine Cottage*. Je repense à la petite fille en larmes, chez Seddon. Elle aussi s'appelait Jasmine.

Une famille a-t-elle vécu ici? Avec des enfants qui jouaient dans le ruisseau, des adultes qui jardinaient, quelques vaches, des moutons, peut-être même des canards et des poules? Que sont-ils devenus?

Les enfants sont-ils partis pour la ville, laissant leurs parents vieillir seuls dans leur maison qui tombait peu à peu en ruine?

Que penseraient-ils, s'ils savaient que nous avons caché des poneys volés chez eux?

– Il y a quelqu'un? j'appelle.

Coconut accourt en trottinant entre les plantes. Elle pose sa tête sur mon épaule et renifle doucement. Je lui caresse le cou.

– Oh, Coconut. Je suis tellement, tellement désolée...

Au bout d'un moment, je m'écarte, sors une pomme d'une sacoche de mon vélo et la lui coupe en tranches.

La ponette grise s'avance derrière elle, encore trop timide pour m'approcher. Je reste parfaitement immobile, la main tendue, les morceaux de fruit posés sur ma paume. J'ai appris que la meilleure façon d'amadouer un animal craintif, c'est de le laisser venir à vous. Finalement, la grise ose tendre le cou et attraper un bout de pomme, effleurant mes doigts de ses naseaux tièdes et doux comme du velours.

– Bravo, commente une voix dans mon dos.

Je me retourne: c'est Stevie, assis sur le rebord d'une fenêtre.

– Elle a vraiment peur des gens... et elle a sans doute de bonnes raisons. On ne connaîtra jamais son histoire.

– Au moins, grâce à nous, ça se termine bien.

– Rien n'est encore gagné. Le fait qu'elle soit enceinte complique beaucoup les choses. Elle n'est pas très en forme, et je n'ai aucune idée de la date du terme. Tu imagines, si elle devait mettre bas ici ?

– On s'en sortirait.

J'ai beau jouer les braves, je commence quand-même à me sentir un peu dépassée.

– Peut-être. D'ici là, plus on lui redonnera confiance, mieux ce sera. Tu as beaucoup de patience avec les animaux – c'est presque un don. Remarque, tu ne peux pas avoir *que* des défauts…

– Oh là là, un compliment ! Tu es malade, ou quoi ?

– Très drôle. Tu sais, je n'ai jamais demandé à me retrouver embarqué dans cette histoire avec toi. Je peux me débrouiller tout seul, si tu préfères.

– Alors là, c'est la meilleure ! C'était mon idée, je te rappelle ! Sans moi, les poneys seraient encore chez cet affreux Seddon, qui les laisse mourir de faim et les maltraite, alors ne viens pas me demander de dégager…

– Du calme, du calme. Tu déformes mes paroles. Bon… on peut essayer de s'entendre ? Pour le bien des chevaux ? Je ne t'aime pas beaucoup, et je sais que tu ne m'aimes pas non plus…

– C'est le moins qu'on puisse dire.

– Parfait. Oublie. Contentons-nous de travailler.

J'ai apporté un filet de foin, du grain et des seaux pour l'eau et la nourriture…

Je regarde autour de moi. Avec mes quelques pommes et mes trois poignées de foin, je me sens complètement ridicule.

— Seddon a dû se rendre compte de la disparition de ses poneys. Ils sont vraiment en sécurité ici?

Stevie hausse les épaules.

— Je pense que oui. Je suis venu des centaines de fois pendant l'été, et je n'ai jamais croisé personne. Les randonneurs préfèrent rester sur les sentiers balisés, et ils évitent généralement les maisons en ruine. Le jardin est sûr: les murs sont trop hauts pour qu'on voie à l'intérieur. Donc pour l'instant, ça ne craint rien.

— Seddon ne va pas les chercher? Et s'il prévient la police?

— Je ne vois pas pourquoi ils viendraient ici. À mon avis, ils vont supposer que les voleurs ont l'intention de vendre les chevaux … pas de les cacher au milieu des collines. Les déplacer maintenant serait trop risqué, alors que, si on ne bouge pas, il n'y a pas de raison qu'on soit repérés. Fais-moi confiance.

— Est-ce que j'ai le choix?

— Si tu as une meilleure idée, je t'en prie, vas-y. À condition que ça n'implique ni pétitions ni cupcakes en forme de pandas. Et n'en parle pas trop à tes amies – ça pourrait mettre les poneys en danger.

— Tu me prends pour une idiote ?

— Si tu évoques le sujet devant quelqu'un, ne parle pas de moi. Je préfère éviter les rumeurs. Ce n'est pas un jeu, Coco… on ne plaisante plus.

— Ne t'inquiète pas, je n'ai pas l'intention de mentionner ton nom. Je ne me suis confiée qu'à ma demi-sœur Cherry, mais elle gardera le secret – elle me l'a promis.

Stevie ricane, comme s'il ne croyait pas aux promesses.

— Bon, comment on va s'organiser pour les nourrir ? je continue. La nuit tombe de bonne heure maintenant, et les cours ne finissent pas avant quinze heures trente, alors…

— Mademoiselle a peur du noir ? Rassure-toi, j'apporterai des lampes torches, et toi tu ferais bien d'en ramener une aussi. Il t'a fallu combien de temps pour arriver au ruisseau ? Si tu as trop la trouille, on peut se retrouver là-bas vers seize heures trente. Je viendrai seul le mardi et le vendredi, après mon travail au centre. Ça te fera deux jours de repos. En échange, tu voudrais bien prendre les samedis ? Je dois conduire ma petite sœur à son cours de danse à Minehead, le matin.

— Pas de problème. Je peux aussi venir les dimanches, du coup, pour que ce soit juste.

— On alternera. Peu importe.

Je suis soulagée de savoir que je n'aurai pas à arpenter la colline toute seule dans le noir – même si mon compagnon est la pire tête à claques du pays.

– Je ne savais pas que tu avais une petite sœur.

Je me demande comment elle arrive à le supporter.

– Il y a plein de choses que tu ne sais pas. Elle a huit ans. C'est pour elle que j'achète tes gâteaux. Elle les adore, même tes cupcakes ridicules.

– Tu ne peux pas t'empêcher d'être désagréable, hein ? Moi qui croyais que tu te souciais du sort des pandas géants. Encore une illusion.

Stevie descend de sa fenêtre et contemple les deux ponettes qui broutent l'herbe haute.

– C'est d'elles que je me soucie. Maintenant qu'on les a sauvées de Seddon, il faut s'en occuper et trouver une solution à plus long terme. J'imagine que tu n'as pas réfléchi aussi loin ?

– Pas encore. J'y travaille.

– Dépêche-toi, alors. Ce ne sont pas des animaux faciles. La première est imprévisible ; l'autre est en mauvaise santé, enceinte et terrorisée par les humains. Je ne vois pas qui voudrait les adopter pour qu'elles vivent heureuses jusqu'à la fin de leurs jours. C'est ça le problème, avec les types comme Seddon – leurs actes ont des conséquences extrêmement lourdes.

Je le regarde, moqueuse.

– Tiens, tu n'es plus du côté des brutes, d'un coup ?

— Je ne l'ai jamais été. Je sais que tu crois le contraire, mais tu as tort. Le jour où tu m'as surpris en train de me battre avec Darren Holmes... eh bien, je venais de l'empêcher de voler une boîte de roses des sables à une gamine. C'est lui qui martyrise les autres, et pour info, il avait aussi accroché ton bonnet panda au mât du drapeau...

— Attends! je le coupe. Le gosse que tu tenais par le col? C'est lui qui s'en prend aux autres?

— Oui. Bon, je n'aurais sans doute pas dû l'attraper comme ça, je sais. C'est digne de Seddon. Mais... parfois, ça me rend dingue. Cette gamine aurait pu être ma sœur — je n'allais quand même pas le laisser s'en tirer!

Rouge de honte, je me revois me précipitant sur Stevie pour sauver le sale petit fourbe. Comment ai-je pu me tromper à ce point? Je croyais arrêter une brute, j'en ai aidé une à s'enfuir.

— Pour... pourquoi tu ne l'as pas dénoncé? je bégaie. Tu m'as laissée t'accuser à tort — je me sens super mal, maintenant! Je me souviens de cette petite fille. Elle avait acheté les gâteaux pour l'anniversaire de sa mère.

— Ils ont presque tous atterri dans une flaque. Et je ne t'ai rien dit, parce que... tu ne m'aurais pas écouté. Pas vrai? Les filles comme toi n'écoutent jamais. Si tu veux tout savoir, je déteste les brutes au moins autant que toi. Plus, même. Je peux te le garantir. OK ?

Je n'en reviens pas. Qu'est-ce que ça signifie ? Je regarde Stevie, ses épaules carrées, son menton plein de défi, la mèche de cheveux qui lui tombe sur les yeux et lui donne un air arrogant. Est-il possible que ce que je prenais jusque-là pour de l'agressivité ne soit en réalité qu'un mécanisme de défense ? Il est encore considéré comme un « nouveau » à l'école, et personne ne sait grand-chose à son sujet. C'est peut-être une victime, lui aussi.

Une boule de culpabilité me serre la gorge.

– Écoute, je suis désolée si j'ai mal compris. Je ne voulais pas…

Stevie m'interrompt d'un geste.

– C'est du passé. N'en parlons plus. Les poneys ont à manger, de l'eau et un abri. Il commence à faire sombre, on devrait regagner la route.

Comment s'excuser auprès de quelqu'un qui vous déteste et ne baisse jamais la garde ?

En franchissant la grille en fer forgé, je cueille une poignée de fleurs de jasmin. Leur parfum entêtant m'enveloppe tandis que je suis Stevie vers le pied de la colline, puis le long du ruisseau argenté.

Une fois sur la route, je lui fourre mon petit bouquet dans les mains avant d'enfourcher mon vélo.

– Pour ta sœur. Ça devrait lui plaire.

Je pense alors à une autre petite fille – celle qui, effrayée et en larmes, regardait son père pousser Coconut jusqu'aux limites de l'épuisement. Je pédale de toutes mes forces pour rentrer chez moi à la lumière de ma dynamo.

15

L e lundi à l'heure du déjeuner, je convoque une réunion extraordinaire du club *Sauvons les animaux*. J'entraîne Sarah, Amy et Jade au bout du terrain de sports, jusqu'au bois qui marque la limite du collège.

– Pourquoi ici? se plaint Amy, dont les bottes fourrées s'enfoncent dans les feuilles trempées. Pourquoi pas à la cantine, ou dans un coin de la salle de Mr Merlin? C'est n'importe quoi!

– En plus, on gèle, râle Sarah pendant que nous nous asseyons sur des troncs d'arbres en serrant nos manteaux autour de nous. Et d'après le règlement, on n'a pas le droit d'aller dans le bois, sauf pour les courses d'endurance!

– Ce qui signifie qu'on devrait être tranquilles. C'est important!

– Y a intérêt, grogne Jade, le menton enfoui dans son écharpe. Si tu nous as amenées ici pour nous parler du triton à crête d'Amérique du Sud ou de la mangouste de Sibérie, tu vas m'entendre !

Parfois, j'aimerais que mes amies me soutiennent un peu plus. Avant, le sort des animaux en voie de disparition les intéressait autant que moi, ou presque ; mais depuis quelques mois, elles ont complètement changé. Elles passent le plus clair de leur temps à glousser en parlant des garçons, à feuilleter des magazines pour ados et à discuter musique, mode ou vernis à ongles pailleté. C'est désespérant.

D'ailleurs, Jade vient de sortir un roman d'amour de son sac, et Amy est en train de se remettre du gloss. Heureusement que Sarah m'écoute.

– Je ne suis pas certaine qu'il y ait des tritons à crête en Amérique du Sud, mais de toute façon, ce n'est pas le sujet. Il se passe aussi des choses beaucoup plus près de nous. J'ai un scoop : j'ai appris que des défenseurs des animaux avaient enlevé deux poneys maltraités à la propriété de Blue Downs ce week-end.

Jade laisse tomber son livre.

– Waouh ! souffle-t-elle. Vraiment ?

– Blue Downs ? répète Amy en refermant son miroir de poche. C'est près de Hartshill, non ?

Sarah ne dit rien et se contente de plisser les yeux. Elle se remémore sans doute mon appel et mes messages de samedi à propos d'une mission secrète.

– Ces activistes locaux, ce ne serait pas… toi, Coco ?

– Eh bien… si… en quelque sorte.

Mes trois amies se redressent en ouvrant de grands yeux. Elles me regardent avec une admiration à laquelle je ne suis pas habituée, et qui n'est pas désagréable.

– Sans blague, reprend Jade, tu as sauvé deux poneys ?

Je culpabilise un peu de retirer tout le mérite de cet acte héroïque, mais Stevie a été clair : il ne veut pas que son nom soit mentionné.

– J'étais obligée. Ils étaient maltraités – n'importe qui aurait fait la même chose Maintenant, ils sont à l'abri, mais vous devez me promettre de garder le secret. Je peux compter sur vous ?

– Bien sûr, répond Amy. On ne dira pas un mot ! Waouh, Coco, je n'arrive pas à croire que tu te sois lancée là-dedans, et toute seule, en plus !

– C'était plus sûr.

Même si je suis gênée de devoir mentir, je suis heureuse de retrouver l'attention de mes amies. Évidemment, si elles savaient que Stevie a participé au sauvetage des ponettes, elles seraient encore plus intéressées – mais pas pour les bonnes raisons. Après avoir entendu le récit du kidnapping, elles me proposent de contribuer à la cause en me fournissant des pommes, des carottes et des alibis au cas où j'en aurais besoin pour maman et Paddy.

– Si la police vient nous poser des questions, on dira que tu étais avec nous, décrète Sarah. Que tu as dormi à la maison. On pourrait même ajouter qu'on est restées debout jusqu'à minuit, et qu'en regardant par la fenêtre on a vu passer un grand van. Ça les lancerait sur une fausse piste. Ils penseraient que les poneys sont loin d'ici !

– Peut-être.

Au fond de moi, je sais très bien que ce genre d'alibi ne tiendrait pas longtemps la route.

– Mais avec un peu de chance, ils ne nous interrogeront pas ! je conclus.

Des cris résonnent entre les arbres, accompagnés par des craquements de brindilles. Nous nous levons d'un bond.

– C'est le club d'endurance, dit Jade en ramassant son livre. Ils s'entraînent tous les lundis midi. On ferait mieux d'y aller.

Sur le chemin, nous croisons deux élèves rouges et suants, qui courent dans la direction opposée.

– Le cross devrait être déconseillé par le ministère de la Santé, déclare Sarah. Vous avez vu leur tête ? Ça ne doit pas être très bon de secouer tous ses organes comme ça !

Une silhouette solitaire apparaît alors, avançant à grandes enjambées sur la piste boueuse. Stevie. Lui n'est ni rouge ni suant, juste aussi renfrogné qu'à son habitude. Lorsqu'il me voit, il me jette un regard méprisant. Après nos aventures du week-end, je trouve ça injuste. Il pourrait au moins se montrer poli. Je lève le menton, refusant d'entrer dans son jeu.

– Salut, Stevie, je lance.

– Ouais, grogne-t-il en m'éclaboussant au passage. Évidemment.

– Il t'a parlé ! souffle Amy dès qu'il est suffisamment loin. Et toi aussi. Qu'est-ce qui se passe ? Je croyais que tu ne pouvais pas le supporter ?

– C'est le cas. Il me rend folle. Mais j'ai décidé de ne pas me laisser déstabiliser. Plus il fait la tête, plus je lui souris. Et s'il me regarde en ricanant, je lui dis bonjour. Tout ça ne m'atteint pas.

– Tu as raison, acquiesce Jade. C'est une bonne stratégie : sauver le monde avec un sourire !

– Pas sûr que ça fonctionne avec cet ours, intervient Sarah. Pourtant, il n'est pas mal, dans le genre ténébreux. Il a un côté sauvage !

– Hein ? Stevie, pas mal ? Tu es dingue, ou quoi ?

– Le héros de mon livre est exactement comme lui, répond-elle en me brandissant son roman à l'eau de rose sous le nez. Sombre, mystérieux, cachant de lourds secrets. Si ça se trouve, Stevie va t'inviter à sortir avec lui. Tu dirais oui ?

Elle ne se doute pas que je vais passer la plupart des mes après-midi dans les collines avec lui.

– Hors de question. Il se fiche pas mal de moi, et c'est réciproque. Franchement, s'il a des secrets, ils sont tellement bien cachés que même une équipe d'archéologues n'arriverait pas à les déterrer. Enfin bref...

Je me tais, consciente que Sarah, Amy et Jade me dévisagent.

– Il te plaît, s'exclame Amy. Ça se voit!

Aussitôt, les poneys sont oubliés, et elles n'ont plus qu'une chose en tête, mon éventuel coup de cœur pour Stevie. Pourquoi est-ce que tout tourne autour des garçons depuis quelque temps? Comme si, à la minute où elles ont eu douze ans, mes amies étaient devenues incapables de penser à autre chose. Moi aussi, je m'y intéresse un peu – c'est humain –, mais je n'ai pas l'intention de laisser mes hormones diriger ma vie. J'ai beaucoup trop de projets en tête pour perdre du temps avec les histoires d'amour.

Et tant pis si ça déçoit les filles.

– Il est mystérieux, insiste Sarah tandis que nous traversons le terrain de sports. C'est vrai, qu'est-ce qu'on sait sur lui? Pas grand-chose. Il est arrivé il y a un an... il paraît qu'il vient du nord, non?

– Avant, il ne ressemblait à rien, enchaîne Jade, mais il commence à porter des trucs sympas. Il doit être riche.

– Ça m'étonnerait, je réponds. Il m'a dit qu'il travaillait au centre équestre parce qu'il avait besoin d'argent.

– Tu vois que tu lui parles! s'écrit Amy. Je le savais! Et vous avez des tas de points communs, comme par exemple votre passion pour les chevaux…

– On ne se parle pas, il m'aboie dessus de temps en temps. Ça ne s'appelle pas une conversation!

Pourtant, hier soir on a réussi à discuter pendant au moins deux minutes sans s'agresser. Ça compte?

– Je le vois parfois sortir d'un quatre-quatre hyper chic le matin, fait remarquer Sarah. Alors il ne doit pas être si pauvre que ça.

C'est vrai que Stevie est un peu mystérieux. Son agressivité est-elle un moyen de se protéger? Est-il riche, pauvre, cruel, secret ou simplement mal élevé? Il est toujours sur la défensive, et ce n'est pas le garçon le plus agréable que je connaisse, mais est-ce vraiment un défaut?

J'ai du mal à me faire une opinion.

– En tout cas, toi, tu lui plais, me glisse Amy avec un sourire en coin. C'est clair!

Parfois, je me demande si je suis la seule fille sensée sur cette planète.

Je retrouve Stevie à notre point de rendez-vous à seize heures trente. Il révisait ses maths en m'attendant. Il referme son livre et le fourre dans son sac pendant que je cache mon vélo derrière des buissons. Ensemble, nous longeons le ruisseau de la colline.

— Bon, commence-t-il comme si nous ne nous étions pas vus de la journée, j'ai appris que Seddon était allé voir la police. Ils ont ouvert une enquête et ils vont lancer des recherches.

— Il ne faut pas qu'ils trouvent les poneys. C'est hors de question !

— Il y a peu de chances. À mon avis, ils ne craignent rien pour l'instant. Mais on ne pourra pas les laisser là-haut éternellement.

— Non, bien sûr. Je suis en train de réfléchir à un plan. Pour les emmener ailleurs.

— D'accord. Mais je m'inquiète pour la ponette grise. Elle est dans un sale état. Et peut-être plus proche de son terme que je ne croyais.

— Ne t'inquiète pas pour ça. Je veux devenir vétérinaire, je te rappelle. Je l'aiderai à mettre bas.

Je me suis promis de chercher des informations à ce sujet sur Internet. J'ai déjà assisté à la naissance d'un agneau à la ferme voisine de Tanglewood, mais ça ne fait pas de moi une experte.

— Espérons que ça n'arrive pas trop vite, grommelle Stevie. Elle n'est pas assez forte, et si on appelle un vétérinaire, il nous dénoncera à Seddon.

— Mais non, arrête d'être aussi défaitiste !

Il éclate d'un rire sec et sans joie.

— Quand vas-tu te réveiller, Coco ? Ouvre les yeux, bon sang. La vie n'est pas un conte de fées. Tous les problèmes ne peuvent pas être résolus d'un coup de baguette magique. Et si à cause de nous Coconut et la grise étaient encore plus en danger? Si on les découvre, soit elles retourneront chez Seddon, soit... ce sera la fin.

– Comment ça?

– Réfléchis. Où vont les poneys qu'on ne peut plus monter, ceux dont personne ne veut? Allez, tu connais la réponse, non?

Je secoue la tête, envahie par un malaise grandissant.

– Ils finissent à l'abattoir, m'assène Stevie. On les pique, et certains se retrouvent dans des boîtes de *pâtée pour chien*, OK? C'est ça que tu veux pour ta chère Coconut?

– Non. Non, bien sûr que non!

Je me mords si fort les lèvres que j'ai un goût de sang dans la bouche.

16

ous restons à Jasmine Cottage jusqu'à dix-neuf heures passées. On a ouvert la porte de la maison, pour que les poneys puissent se réfugier dans ce qui était autrefois la cuisine. Deux lampes électriques suspendues au plafond éclairent faiblement la pièce d'une lueur jaune. Un vieux fauteuil éventré trône près du poêle rouillé, ressorts et garniture apparents. Si c'est là que Stevie a passé l'été, il n'a pas fait beaucoup d'efforts pour aménager l'endroit.

Nous nous chamaillons sans cesse, que ce soit pour choisir un nom à la grise ou à propos de l'alimentation des poneys. Stevie veut encore «emprunter» de la nourriture au centre équestre, ce que je trouve malhonnête. Mais nous n'avons ni l'un ni l'autre de quoi en acheter. Nous disposons de deux jeux de brides et de rênes, ainsi que d'une selle pour Coconut, mais c'est tout. Pas de quoi les panser, aucune couverture pour les réchauffer et les sécher quand les températures vont chuter.

Mon cerveau tourne déjà à plein régime pour trouver un moyen de gagner de l'argent. Il est temps que quelqu'un prenne les choses en main. Je sors un carnet de ma poche et commence à dresser une liste.

Mais Stevie a raison : si la grise met bas bientôt, on sera dans de beaux draps…

Le mardi soir, ma liste occupe déjà la moitié du carnet. Je remplis un grand sac de voyage de coussins colorés, de couvertures et de guirlandes lumineuses à énergie solaire – depuis le mariage de maman et Paddy en juin dernier, elles sont entassées dans une grande boîte au fond de la cabane du jardin. J'ajoute mes bottes fourrées, un caleçon et un grand sweat-shirt qui appartenait à mon père. Il le portait pour jardiner. Je l'ai gardé caché dans mon armoire depuis qu'il nous a quittées.

Je l'aime bien parce qu'il a encore l'odeur de papa. À une époque, je me blottissais dedans quand j'étais triste ; ça me le rappelait, j'avais l'impression qu'il était encore là. Mais il y a un moment que ça ne fonctionne plus. Maintenant, ce n'est plus qu'un vieux vêtement qui me tiendra chaud dans le cottage en ruine.

Mon sac à dos déborde de gâteaux, de bonbons

et de pommes, et demain après les cours, je préparerai une thermos de chocolat chaud.

On dirait que je m'apprête à fuguer ; heureusement, maman et Paddy sont trop occupés pour s'apercevoir de quoi que ce soit. Tanglewood est sens dessus dessous. La chocolaterie installée dans la grange tourne à plein régime, et la salle de petit déjeuner du bed and breakfast a été transformée en atelier d'emballage. À seize heures, l'équipe du soir vient relever celle de l'après-midi. Pendant ce temps-là, maman enchaîne les coups de fil entre deux livraisons, ne s'arrêtant que pour apporter du thé et des biscuits aux travailleurs. Paddy, qui n'a pas soufflé une seconde depuis ce matin, a les yeux brillants et sourit de toutes ses dents. Il me fait penser à Willy Wonka. Son rêve est en train de se réaliser : il a enfin l'occasion de faire de *La Boîte de chocolats* une marque réputée.

C'est super, mais il faut admettre que Honey, Skye, Summer, Cherry et moi pourrions nous peindre la figure en bleu, enfiler des jupes hawaïennes et faire la fête jusqu'à l'aube avec une bande de garçons déchaînés, ils ne s'en rendraient même pas compte. Enfin, ce n'est pas comme si on en avait l'intention. Moi non, en tout cas. Je me réjouis simplement qu'avec tout ce remue-ménage personne ne me pose de questions gênantes sur les sacs pleins à craquer que je sors en douce de la maison.

Après les avoir cachés dans la roulotte, je retourne dans la cuisine préparer deux saladiers de pâte à cupcakes. Une fois les moules remplis et enfournés, je lave la vaisselle et j'enchaîne sur la préparation d'un gros gâteau à la carotte. Il nous faut de quoi acheter de la nourriture aux poneys, et je sais d'expérience que vendre des pâtisseries est un des meilleurs moyens de récolter de l'argent. Sarah, Amy et Jade ont promis d'apporter des brownies, des fondants au chocolat et des scones.

Quand les cupcakes ont refroidi, je coupe le dessus et dépose une cuillerée de pâte de noix de coco à l'intérieur pour obtenir une version pâtissière des Cœurs Coco de Paddy. Je suis sûre qu'avec cet ingrédient secret les élèves vont se les arracher. Et puis ça portera peut-être chance à un certain poney du même nom…

– C'est pour qui, ces gâteaux ? me demande Skye, qui vient d'entrer dans la cuisine pour se servir un verre de jus de fruit. Le panda géant ? Le tigre de Sibérie ? La baleine bleue ?

– Un refuge pour poneys de la région, je mens. Tu n'en as sans doute pas entendu parler. Mais si tu veux me donner un coup de main…

– Bien sûr. Je vais chercher Summer et Cherry !

Mes sœurs m'aident à recouvrir les cupcakes de glaçage au chocolat, sur lequel nous dessinons des petits fers à cheval. Summer nappe le gâteau à la carotte de fromage blanc sucré, sans même y tremper le doigt. Elle adore cuisiner, surtout ces derniers temps, mais elle ne goûte jamais ses recettes. Elle a l'air de croire qu'on ne s'en rend pas compte.

– Ça se passe comment, à la clinique ? je l'interroge. Elle est surprise.

– Bien, je crois. L'équipe médicale est sympa. Par contre, je ne suis pas certaine d'avoir ma place là-bas. J'étais un peu stressée à la fin de l'été, mais ça va beaucoup mieux maintenant.

– Tu manges normalement ? j'insiste, malgré le regard réprobateur de Skye.

– Pas autant qu'avant, mais suffisamment. Mon docteur dit que ce genre de problème ne se règle pas du jour au lendemain... J'ai repris un kilo cette semaine : c'est bien, non ?

– Génial !

Pourtant, Summer me paraît toujours aussi maigre qu'au mois d'août. Le seul point positif, c'est qu'elle a recommencé à manger avec nous, même si les portions qu'elle avale ne suffiraient pas à rassasier une souris.

– Au fait, j'ai un ami dont la petite sœur est à l'école de danse de Minehead. Elle a huit ans. Je ne sais pas comment elle s'appelle, par contre...

– J'ai sûrement dû la croiser. J'ai passé beaucoup de temps avec les petites pendant le stage d'été. C'est le meilleur âge. La vie est tellement plus facile quand on a huit ans...

Elle semble mélancolique, comme si elle repensait à l'époque où papa vivait encore avec nous, quand elle était la première à lécher le saladier de pâte à gâteau et à goûter les pâtisseries à peine sorties du four. Elle n'avait peur de rien, alors.

Je déteste la façon dont les choses ont évolué.

Pendant que les jumelles rangent mes gâteaux dans des boîtes en plastique, Cherry m'aide à découper un drap (il est neuf, mais maman ne le saura pas) sur lequel nous écrivons *Refuge pour poneys d'Exmoor* en lettres multicolores.

– Il est situé où, ce refuge? demande Skye tout en léchant le bol de fromage blanc avant de le poser dans l'évier. Ils viennent de le fonder?

– Oui, c'est tout récent.

J'échange un regard avec Cherry.

– Il est là-haut dans les collines. Pour l'instant, ce n'est pas grand, mais ils font un travail formidable et ils ont besoin de soutien financier.

– J'espère pour eux que ça va marcher, intervient Summer. Mais ils ont intérêt à être prudents. Ma professeur de français, Mrs Craven, nous a raconté qu'on avait volé deux chevaux dans un nouveau centre équestre près de Hartshill, le week-end dernier. Certaines personnes n'ont vraiment aucun scrupule!

– Un centre équestre ? s'étonne Cherry. Je croyais que c'était juste une ferme.

– Apparemment, les animaux avaient de la valeur. Leur propriétaire est très choqué. Franchement, voler un cheval, c'est cruel, non ?

– C'est clair, je marmonne d'une voix tremblante. Quelle honte !

– En parlant de Mrs Craven, enchaîne Skye, elle m'a donné des feuilles d'exercices pour Honey. Elle voulait savoir si elle allait mieux – je n'ai pas su quoi répondre. C'est vraiment louche.

L'inquiétude me noue le ventre. Qu'est-ce que c'est que cette histoire ? Je ne vois qu'une explication.

– Elle a encore dû sécher les cours de français. Vous lui avez posé la question ?

– Elle était dans le bus, comme d'habitude, alors je lui ai juste remis ses devoirs en lui disant que Mrs Craven avait demandé de ses nouvelles. Elle a éclaté de rire et prétendu que la prof devait la confondre avec quelqu'un d'autre. Je n'y crois pas. Super bulletin ou pas, vous trouvez qu'elle a changé ?

– Pas du tout, répond Cherry. Je sens qu'elle mijote un truc.

– Et toi, les profs t'ont dit quelque chose ?

Ma demi-sœur hausse les épaules.

– Pas vraiment. Mais l'autre jour, j'en ai surpris deux en train de parler de Honey. Ils disaient qu'elle avait baissé les bras et que Paddy et Charlotte avaient l'air de s'en moquer.

— Quoi ? je m'exclame. Ils ont fait tout ce qu'ils pouvaient pour la soutenir ! Et puisque son bulletin était parfait, je ne vois pas pourquoi ils se seraient inquiétés.

Summer est soucieuse.

— Ce n'est pas normal.

— Non, renchérit Skye. Je n'ai pas vu Honey au lycée depuis une éternité. Vous croyez qu'on devrait prévenir les parents ? Tant pis pour le pacte ; il y a des secrets qu'il vaut mieux ne pas garder.

Cherry me jette un regard lourd de sous-entendus.

— Tu veux qu'on leur dise quoi ? je proteste. Vu les notes qu'elle a rapportées, ils vont nous prendre pour des folles.

— Mais si on a raison et qu'on se tait, c'est encore pire, non ? interroge Summer.

— On pourrait peut-être en discuter avec Honey, suggère Cherry. Pas moi, elle ne m'écouterait pas. Mais l'une de vous pourrait aller la voir ?

Les jumelles se regardent, mal à l'aise.

— Elle va croire qu'on n'a pas confiance en elle, souffle Summer.

— Qu'on la traite de menteuse. Coco, tu ne voudrais pas t'en charger ? C'est toi la plus jeune, elle t'en voudra moins.

— Peut-être. Si j'arrive à trouver le bon moment...

À vrai dire, fouiller dans les secrets de ma grande sœur n'est pas ma priorité. Et ce serait plutôt hypocrite, vu ce que je cache de mon côté.

Quand minuit sonne, je suis seule dans la cuisine. Mes sœurs sont allées se coucher, l'équipe de nuit de la chocolaterie est partie depuis longtemps, et maman et Paddy sont déjà montés dans leur chambre avec leurs tasses de thé, un sourire épuisé sur le visage. Assise devant la table couverte de feutres, je dessine des affiches pour le refuge imaginaire tout en grignotant un cupcake. Fred est roulé en boule à mes pieds. Soudain, la porte de derrière s'ouvre tout doucement, et Honey entre. Si elle est surprise de me trouver là, elle n'en laisse rien paraître.

— On fait du coloriage, petite sœur ? dit-elle en lançant ses chaussures dans un coin. C'est mignon.

— Non, je prépare une collecte de fonds. Et toi ? Tu as passé la soirée à faire des divisions ? À moins qu'Anthony t'ait expliqué de fascinantes équations de chimie ? Tu es devenue une vraie intello, ces derniers temps... Ou pas.

— Très drôle. Pourtant j'étais bien en train de réviser. Enfin, au début. Mais... pas avec Anthony.

Je soupire en regardant son rouge à lèvres qui a bavé et ses cheveux décoiffés.

— Je préfère ne pas te demander ce que tu révisais...

– Non, c'est mieux. Et ne va pas cafter, d'accord ?

C'est le moment rêvé pour la questionner sur ses absences du lycée et lui demander à quoi elle joue. Qui sait, elle me répondra peut-être honnêtement. Et ensuite ? Je n'ai pas envie de trahir sa confiance, pas plus que je ne voudrais que Cherry trahisse la mienne. Parfois, moins on en sait, mieux on se porte.

– Je ne te dénoncerai pas.

Pourtant, je suis de plus en plus convaincue que quelqu'un devrait le faire, et vite.

Mais pas moi.

Certains jours, je déborde tellement d'énergie que je me sens capable de conquérir le monde. Mes sœurs diraient que c'est l'overdose de sucre, mais ça n'explique pas tout. Après six petites heures de sommeil, je bondis hors de mon lit avec la sensation que tout est possible ; j'ai une liste, des gâteaux et de la détermination à revendre. Rien ne peut m'arrêter.

Maman et Paddy sont en train de manger du porridge aux raisins secs et à la cannelle. Je m'en sers un bol au passage. Mes sœurs sont dans la cuisine elles aussi, en train de parler du feu de joie qui va être organisé au village. Comme nos parents ont prévu de travailler tout le week-end, nous ne ferons pas notre fête habituelle sur la plage.

– Je suis invitée chez des amis, annonce Honey d'une voix douce. Si j'ai la permission d'y aller, évidemment. Ce sont les filles du club d'histoire auquel je me suis inscrite le midi. On doit faire des recherches, puis dîner ensemble…

Maman et Paddy échangent un regard.

— N'oublie pas que tu es toujours punie, Honey, lui rappelle maman. Je sais bien que c'est un groupe d'étude, mais quand même…

— On peut se permettre une entorse à la règle, pour une fois, intervient Paddy. Si c'est pour faire de l'histoire… Tu devrais y aller, Honey.

— Merci, Paddy, marmonne Honey entre ses dents.

— Nous aussi, on a prévu d'aller voir le spectacle, déclare Skye. Tu veux te joindre à nous, Coco ?

Encore cette impression désagréable d'être la cinquième roue du carrosse.

— J'ai déjà quelque chose de prévu, je réponds froidement. Avec Jade, Amy et Sarah. On organise une collecte de fonds aujourd'hui, en faveur du refuge pour poneys, et on compte aussi manifester contre les pétards et les fusées qui sont très perturbants pour les animaux. Quel besoin les gens ont-ils d'acheter ces trucs qui font d'horribles sifflements ?

— Sainte Coco, commente Honey. Tu es contre le plaisir, aussi ?

Je lui tire la langue. Qu'est-ce qu'elle croit, je sais m'amuser : samedi prochain, pour l'anniversaire de Sarah, mes copines et moi allons voir le feu d'artifice de Minehead et faire un tour à la fête foraine.

Tout à coup, quelqu'un frappe à la porte. Paddy va ouvrir : ce sont deux policiers.

Je lâche ma cuillère, qui éclabousse mon pantalon de porridge.

– Simple visite de courtoisie, monsieur, le rassure l'un des agents. Nous conseillons aux habitants de la région d'ouvrir l'œil et de nous signaler tout individu suspect, surtout quand il y a des chevaux à proximité. Nous enquêtons sur un vol de poneys qui a eu lieu le week-end dernier, et nous craignons d'autres incidents de ce type. Les voleurs sont peut-être toujours dans les parages. Nous les attraperons, ce n'est qu'une question de temps, mais d'ici là…

J'ai les joues tellement brûlantes qu'on pourrait griller un toast dessus – heureusement, seule Cherry s'en aperçoit. Elle ouvre de grands yeux terrifiés, comme si elle s'attendait à ce que les policiers me passent les menottes et me jettent en prison. En même temps, ça pourrait très bien arriver.

– Nous vous appellerons si nous constatons quoi que ce soit d'anormal, promet Paddy. Tout le monde se connaît par ici, alors s'il se passe quelque chose, on sera vite au courant. Nous n'avons pas de chevaux, juste des canards, un chien et une brebis très mal éduquée…

Comme si elle savait que l'on parlait d'elle, Joyeux Noël entre en trottinant et se met à manger un reste de scone qui a atterri dans le panier de Fred. Les agents éclatent de rire et, après nous avoir recommandé la plus grande vigilance, ils reprennent leur route.

Mes sœurs et moi descendons ensemble jusqu'à l'arrêt de bus, car j'ai besoin d'aide pour porter tous mes sacs et mes boîtes de gâteaux. Le sentiment d'euphorie que j'éprouvais en me réveillant a disparu, cédant la place à la culpabilité. Pourtant, je n'ai rien fait de mal – enfin, pas du point de vue moral. N'importe quel juge serait d'accord avec moi.

Je l'espère.

– Tu viendras me voir en prison ? je glisse à Cherry.

– Évidemment.

– Encore une vente de gâteaux ? s'étonne Mr Merlin à la récré, les sourcils froncés. C'est la quatrième depuis septembre, Coco. D'abord c'était pour sauver les tigres, puis les éléphants, puis les pandas géants… et maintenant, c'est un refuge pour les poneys ? Les dames de la cantine se sont plaintes que personne ne prenait de dessert les jours de tes collectes de fonds. Elles n'aiment pas le gâchis. Et je ne te parle pas des recommandations du ministère de la Santé. Je trouve ça formidable que tu essaies d'aider, mais si j'étais toi, j'arrêterais là. Mrs Gregg n'est pas très contente.

Mrs Gregg, la directrice, n'est *jamais* contente. À mon avis, ça a davantage à voir avec le stress que génère son poste qu'avec mes gâteaux. Mais je garde ce commentaire pour moi. Tout le monde sait qu'au contraire, la pâtisserie rend les gens heureux. Quant à ces histoires d'alimentation équilibrée, un cupcake à la noix de coco fait maison est bien plus sain que les chips, les sodas et les barres chocolatées des distributeurs de la cour. Si personne ne prend de dessert à la cantine, c'est parce qu'ils sont immangeables : en général, on a le choix entre une part de tarte trop sucrée ou un morceau de quatre-quarts bourratif, avec une flaque de crème anglaise pleine de grumeaux. Si je travaillais au ministère de la Santé, je me pencherais plutôt sur les menus des écoles.

Par chance, Mr Merlin est tellement habitué à mes ventes caritatives qu'il ne doute pas un instant de l'existence du sanctuaire pour poneys. S'il savait...

– Ce sera la dernière vente d'ici Noël, je promets tout en saluant poliment Stevie, qui me fusille du regard depuis l'autre bout du foyer. Il y a tellement d'animaux en danger qui ont besoin de nous. Et puis cette fois, je soutiens une initiative locale. C'est important, monsieur, ça peut sauver des vies...

Je cherche Stevie dans la file d'élèves, mais il a disparu. Pourtant, s'il y a bien une cause qu'il aurait dû soutenir, c'est celle-là. J'enveloppe les deux plus jolis cupcakes dans un morceau de papier aluminium pour les lui donner plus tard. Ce n'est pas parce qu'il est grincheux et radin que sa petite sœur doit être privée de dessert.

– Un cupcake, monsieur ? je propose à Mr Merlin. Ils sont à la noix de coco. Vous m'en direz des nouvelles !

– Je ne devrais sans doute pas, mais je vais t'en prendre un. Et un autre pour Mrs Gregg. Ça la radoucira peut-être un peu. Mais je crois qu'elle était sérieuse quand elle a dit que les ventes de gâteaux devaient s'arrêter. Il est temps de laisser la place à d'autres élèves et à d'autres causes, d'accord ?

C'est trop injuste. Personne n'a jamais rien organisé ici, à part Summer et Skye il y a deux ans – une course en sac sponsorisée pour offrir des cadeaux aux enfants défavorisés. Mrs Gregg devrait se réjouir d'avoir au moins une élève charitable et engagée, mais visiblement, elle s'en moque.

– Compris, je marmonne, la tête basse. Dites, vous n'auriez pas une couverture pour cheval ou un peu de foin à donner au sanctuaire, par hasard ? Ou une vieille selle, une étrille ?

– Étonnamment, non, répond Mr Merlin en payant ses gâteaux. Bonne chance, Coco.

Sarah et moi avons quasiment tout vendu quand un garçon maigre, toujours le même, se plante devant nous et nous propose cinq centimes pour un morceau de fondant au chocolat un peu écrasé.

– Pas de réductions, décrète Sarah. C'est pour une bonne œuvre.

Le gamin appuie plusieurs fois sur le gâteau, qui finit par se briser en deux.

– Vous êtes obligées de me le vendre, maintenant, puisque je l'ai touché. En plus, il est fichu. Vous devriez même me le donner.

– Aucune chance. C'est toi qui l'as cassé, alors tu as plutôt intérêt à le payer. Au prix fort.

– Je ne peux pas, ricane-t-il. Je n'ai pas d'argent.

C'est lui que Stevie a surpris en train de voler des roses des sables à une petite. Je n'arrive pas à me rappeler son prénom. Sa main sale s'abat sur le dernier scone, qu'il réduit en miettes. Je commence à m'énerver.

– C'est une vente caritative, je lui rappelle. Tu n'as donc aucune compassion ?

– Je l'ai perdue, se moque-t-il. Qu'est-ce que je suis tête en l'air...

– Dégage, s'écrie Sarah. Crétin !

Je ramasse les morceaux de fondant.

– Tu les veux ? je propose au garçon. Au point où on en est...

– Arrête, me coupe Sarah. Il ne les mérite pas.

– Oh, que si. Comment tu t'appelles, déjà ?

Il a l'air mal à l'aise.

— Ça va, j'en veux pas de ton gâteau. C'était juste pour rigoler.

— Tu t'appelles comment ? j'insiste en le retenant par la manche. Allez, ne sois pas timide.

— Darren, bégaie-t-il. Lâche-moi !

— C'est toi qui as accroché mon bonnet panda au mât du drapeau, pas vrai ? Et encore toi qui as essayé de voler les roses des sables d'une petite fille. Heureusement que Stevie Marshall est intervenu. Quand on est aussi *fort* et *courageux* que toi, on mérite vraiment un bout de gâteau, non ?

J'agite la part de fondant sous son nez. Il recule.

— Tu n'en veux plus ? Pourtant tu y tenais drôlement il y a deux minutes. Et puis, ce n'est pas comme si on pouvait encore le vendre, maintenant que tu as collé tes sales pattes dessus.

— Fiche-moi la paix ! grogne-t-il.

Je profite qu'il ait la bouche ouverte pour fourrer le fondant à l'intérieur en laissant une grosse trace de chocolat sur sa joue. Darren se débat, mais je refuse de le lâcher. J'ai beau ne pas être très grande, je suis plus forte qu'il n'y paraît.

— Pas faim ? Ou alors tu as changé d'avis ? Tu préfères peut-être un scone ?

— Lâche-moi ! hurle-t-il. Tu t'es trompée, d'accord ? C'est un malentendu. Elle m'a offert une rose des sables, et cet abruti de Stevie s'est fait des idées.

Le scone s'écrase sur son visage dans un nuage de miettes. Darren essuie son menton plein de confiture.

– Tu as intérêt à laisser les petits tranquilles, je le préviens. Personne n'aime se faire harceler. OK ?

– OK...

– Attention, souffle Sarah. Voilà Merlin !

Le professeur d'histoire se fraie un chemin jusqu'à nous au moment précis où Darren parvient à se libérer. Son manteau me reste dans la main.

– Tout va bien ? demande Mr Merlin.

– Très bien, répond Darren, la bouche pleine. Miam. Super bien, même.

– Coco ? Darren ne t'embête pas, au moins ?

– Pas du tout, je réponds d'une voix douce en rendant au sale gamin son blouson couvert de miettes. Pas du tout.

18

— **T**u es folle? me demande Stevie quand je freine devant le bosquet de noisetiers au pied de la colline. Tu comptes monter tout ça jusqu'à la maison? Sérieux?

Je lève les yeux au ciel sans répondre.

— Tu t'installes ici, c'est ça? Avec ton goûter et tes petites couvertures? J'espère que tu as prévu un matelas, au cas où. Mais dis-moi, tu croyais vraiment que j'allais t'aider à porter tout ça?

— Non.

Je pousse mon vélo entre les arbres.

— Je l'espérais sans trop me faire d'illusions…

— Tu planes complètement, grogne Stevie. On est en pleine galère, et toi tu passes ton temps à trimballer des sacs de bazar et à préparer des cupcakes en faveur d'un refuge qui n'existe même pas.

Les dents serrées, je fourre la recette de la vente dans sa poche.

– Il y a presque trente-sept livres. Les cupcakes à la noix de coco ont super bien marché. On a de quoi acheter à manger aux poneys pour une semaine ou deux. À moins que tu n'aies déjà trouvé de l'argent ailleurs…

– Non, reconnaît Stevie. Bon, d'accord, c'est cool. Merci.

– Ça te fait mal de dire ça, hein ?

– Un peu, avoue-t-il en souriant.

Encore une fois, je songe qu'il serait beaucoup plus sympathique s'il arrêtait de faire la tête.

Il me prend le guidon des mains et commence à pousser mon vélo sur le chemin.

– Le plus simple, c'est de tout laisser dessus, m'explique-t-il. J'ai testé hier, lorsque j'ai apporté du foin de l'écurie après le boulot.

– Je voulais seulement donner un coup de main.

– Je sais. Mais on n'a pas la même façon de voir les choses. Moi aussi, j'ai essayé de rendre cet endroit un peu plus habitable. Et cet argent va nous être bien utile. Mais je m'inquiète pour les poneys.

– Pareil. La police est passée chez moi ce matin pour nous prévenir que des voleurs de chevaux rôdaient dans les parages. Je te jure, j'ai failli m'évanouir. Je ne pensais pas que ça prendrait de telles proportions – ce n'est pas comme si on était impliqués dans un meurtre ou une guerre des gangs ! Voilà ce qui arrive quand on habite dans un endroit où il ne se passe jamais rien.

– Peut-être. J'étais sûr que Seddon ameuterait tout le monde, c'est bien son genre. Mieux vaut éviter de se le mettre à dos.

– Trop tard. Et je m'en fiche. Au fait, j'ai réfléchi. Je crois que j'ai trouvé un plan pour les poneys…

Je lui expose mon idée pendant que nous gravissons la colline dans la lumière déclinante. Le vent ébouriffe nos cheveux et nous rosit les joues. Pour Coconut, c'est simple : je compte la garder. Si j'insiste suffisamment auprès de maman et Paddy, et si la commande de chocolats porte ses fruits et qu'on gagne de l'argent, il y a une chance pour que ça marche. Il faudra juste attendre un peu, puis rédiger une fausse annonce pour un gentil poney baie. Je pourrais prétendre l'avoir prise sur le panneau d'affichage du centre équestre – personne n'en saura jamais rien. Si le prix est correct, maman sera d'accord.

– Sauf que Coconut n'est pas vraiment ce qu'on appelle un «gentil poney», me rappelle Stevie. Et ta mère était archi contre quand tu lui as parlé de l'acheter…

– Évidemment, mais je ne lui dirai pas que c'est elle. Elle ne l'a jamais vue. Je trouverai un nouveau nom à Coconut. Cupcake, par exemple.

– Quelle surprise…

– Ensuite, je raconterai… par exemple, que ses propriétaires la vendent à contrecœur, parce qu'elle est devenue trop petite pour leurs enfants, et qu'elle cherche un foyer plein d'amour. Simple, mais génial !

– Je crois que tu oublies un détail. La moitié du Somerset est à sa recherche. Tu ne peux pas l'installer comme ça à Tanglewood. Les gens ne tarderaient pas à comprendre !

– Ça m'étonnerait. Le meilleur endroit où cacher quelque chose, c'est sous le nez de tout le monde. Il suffit d'avoir un peu de culot. Personne ne s'attend à ce qu'elle réapparaisse si près de chez Seddon, et de toute façon, il ne connaît pas ma famille. Les policiers sont venus nous mettre en garde, pas fouiller notre grange. Si je rebaptise Coconut, personne ne se doutera de rien, j'en suis certaine !

– Et tu vas demander à ta mère de payer ?

– Oui, pour que ça reste plausible. Si je lui proposais d'adopter gratuitement un poney, elle trouverait ça louche.

– Et… comment comptes-tu t'y prendre pour la vente ? Ta mère va vouloir rencontrer les « propriétaires » de Coconut. Elle ne va pas te donner l'argent et te laisser t'occuper de l'achat toute seule, quand même ? Elle voudra faire ça dans les règles.

Je remonte mon sac sur mes épaules, le temps de reprendre ma respiration.

– C'est là que tu interviens. Ma mère ne vous a jamais rencontrés, ta famille et toi. Tu pourrais peut-être demander à ton père ou à ta mère de jouer le rôle du propriétaire?

– Hors de question, aboie Stevie. Oublie!

Nous continuons à marcher en silence. Malgré l'obscurité, je vois que Stevie serre les dents et que ses mains sont crispées sur le guidon du vélo. Mieux vaut ne pas insister – j'ai dit quelque chose qu'il ne fallait pas. Parler avec lui, c'est comme traverser un champ de mines. Au moindre faux pas, tout vous explose à la figure.

– Mon père est parti, reprend-il au bout d'un moment. Il y a quelques années. On n'a plus aucune nouvelle de lui – ni coup de téléphone ni pension alimentaire, rien. Alors non, je ne peux pas lui demander son aide, Coco. Quant à ma mère, elle a d'autres problèmes à gérer, OK?

– D'accord. Excuse-moi.

On n'entend plus que le bruit de nos pas dans la bruyère et le bourdonnement de ma dynamo.

– Mon père aussi est parti, je lui confie. Ça craint, hein?

– Un peu.

– Il vit en Australie maintenant. Comme si Londres n'était pas assez loin: il a fallu qu'il parte s'installer au bout du monde. Ça ne donne pas du tout l'impression qu'il voulait nous fuir... Ma mère s'est remariée en juin dernier, avec un type qui s'appelle Paddy et qui est très sympa.

Je suis surprise que les mots soient sortis si facilement. D'habitude, je suis incapable de parler de mon père à quelqu'un d'autre que mes sœurs. C'est peut-être à cause de la nuit qui tombe autour de nous, ou du vent froid, ou de l'épaisse mèche de cheveux noirs qui cache les yeux de Stevie, ou du fait qu'il regarde droit devant lui, poussant mon vélo surchargé. Aussi fou que ça puisse paraître, j'ai la sensation que le garçon le plus renfermé du collège peut comprendre ce que je ressens.

Ou pas.

— Écoute, Coco, je n'ai pas envie de parler de ça, me coupe-t-il. Pas maintenant. Je suis content que ça s'arrange pour toi, mais... la vache, il y a quoi dans ces sacs ? Des briques ?

Je soupire.

— C'est ça, t'as deviné. Je me suis dit qu'on pourrait reconstruire les murs, et puis installer une remontée mécanique, tant qu'à faire, pour nous faciliter les allers et retours...

— Ah, j'étais sûre que tu en aurais vite marre.

— Tu m'as entendue me plaindre ? Non. De toute façon, tu sais comme moi que cette cachette est temporaire. Bon. Puisqu'aucun adulte ne peut nous aider à «vendre» Coconut... OK, changement de programme : tu n'auras qu'à prétendre être le fils des propriétaires. Comme ma mère ne te connaît pas, ça devrait fonctionner.

– Elle ne voudra jamais traiter avec un gamin !

– Tu as une meilleure idée ?

Il soupire.

– D'accord. Supposons – je dis bien supposons – que ça marche. Tu fais quoi de la grise ?

– C'est là où ça devient génial. On utilisera l'argent de la «vente» de Coconut pour louer un van avec chauffeur, et on conduira l'autre ponette dans un vrai refuge. J'ai regardé sur Internet, il y en a un dans le Wiltshire qui recueille les poneys abandonnés et leur trouve de nouveaux foyers. Ils se renseignent sur les adoptants pour vérifier que ce sont des gens bien. La grise pourrait mettre bas tranquillement, et ensuite, elle commencerait une nouvelle vie avec son poulain. Il faudra juste inventer une histoire crédible. Par exemple, dire que son propriétaire vient de mourir brutalement...

– Tu penses qu'ils la prendraient ?

– Aucune idée, mais on peut se renseigner, non ?

– Ça pourrait être une solution, concède Stevie. À condition que le refuge n'ait pas entendu parler du vol. C'est toujours mieux que la peindre en marron et la lâcher dans les collines.

— C'était mon plan B, je réplique. Espérons qu'on n'ait pas à en arriver là. Je n'ai que de la peinture à l'eau, et il pleut beaucoup par ici…

L'image d'un poney au ventre rond comme une barrique strié de traces de peinture me traverse l'esprit. Stevie doit penser à la même chose, car il se met à sourire, et le temps d'arriver au cottage en ruine, nous rions tous les deux aux éclats.

Nous travaillons côte à côte dans le crépuscule, nourrissant les poneys et les pansant de notre mieux. Alors que je suis concentrée sur Coconut, je remarque que Stevie caresse la ponette pommelée, qui mange du grain à même sa paume… elle devient de plus en plus confiante, comme si elle sentait que nous ne lui voulons pas de mal.

— Elle a beaucoup moins peur, confirme Stevie. Le problème c'est que, maintenant qu'elle a repris du poids, je crains qu'elle ne soit plus proche de son terme qu'on ne pensait.

J'essaie d'ignorer l'inquiétude qui me serre le ventre.

— Il faut qu'on lui donne un nom, je décrète pour changer de sujet. On ne peut pas continuer à l'appeler « la grise ». Je verrais bien quelque chose de positif, de joyeux. Des idées ?

— On n'arrivera jamais à tomber d'accord. Tu vas sûrement me proposer des trucs écœurants comme « Cassonade », ou… je ne sais pas… « Biscuit ».

– On n'a qu'à tirer au sort. Trouver un compromis.

– Toi ? Un compromis ? Ce serait bien la meilleure.

Une heure plus tard, nous sommes blottis dans la cuisine devant un feu de branchages, en train de boire le chocolat chaud de ma thermos. Les lampes éclairent la pièce d'une lueur jaune. J'ai trouvé un vieux tapis indien dans un coin et l'ai étalé sur le carrelage glacé. J'ai disposé des coussins et des couvertures pardessus. Il fait toujours froid, car il manque la moitié supérieure de la porte. Coconut passe la tête par le trou ; ses yeux bruns brillent dans le noir.

– D'autres suggestions ? je demande après avoir inscrit des noms sur des bouts de papier que je place dans mon bonnet panda, posé entre nous.

– Ombre ? propose Stevie. Brume ? Soupir ? Bruyère ?

– Pas mal, j'acquiesce en les ajoutant dans le tas. Allez… un nouveau nom pour un nouveau départ. Je mélange, et tu pioches.

Je plonge la main dans le bonnet au même moment que Stevie ; aussitôt, nous murmurons «désolé» en reculant comme si nous venions de nous brûler.

La honte.

– Tu as choisi ? je demande pendant qu'il déplie un des petits papiers.

– Serena, lit-il. OK… ça sonne bien. Vendu.

Je le vois sourire dans la pénombre. Puis il fait tinter sa timbale de chocolat contre la mienne.

– Euh… ça te dirait qu'on se retrouve ici samedi ?

– Je croyais que tu devais conduire ta sœur à la danse ?

Il hausse les épaules.

– Son cours est à dix heures, mais pour une fois, ma mère peut l'emmener. On n'a qu'à se donner rendez-vous à dix ou onze heures, et rester toute la journée, si tu veux. Ce sera sympa de voir les poneys à la lumière du jour. Sinon je peux venir tout seul…

– Non, je te rejoindrai. Je ne partirai pas trop tard, parce que c'est l'anniversaire de Sarah et qu'on doit aller voir le feu d'artifice à Minehead puis faire un tour à la fête foraine. Mais ce sera en fin de journée donc je pourrai enchaîner les deux. Au fait, je voulais te demander, comment s'appelle ta sœur ? La mienne est dans la même école de danse, elle la connaît peut-être. Elle s'occupe souvent des plus jeunes.

– Elle vient de s'inscrire, répond Stevie d'un ton vague. Et elle n'est pas très douée, c'est juste pour l'occuper et la sortir un peu de la maison, tu vois ?

À vrai dire non, je ne vois pas vraiment, mais il ne me donne pas plus de précisions. Sa famille semble être un sujet tabou. Je sors les cupcakes enveloppés de papier alu.

– Tu n'as rien acheté aujourd'hui, mais j'ai pensé que ta sœur serait contente d'en avoir un ou deux, puisqu'elle aime les gâteaux.

Il sourit.

– Elle va adorer. Merci, Coco. Pourquoi les filles raffolent autant des trucs sucrés ?

– C'est une grande histoire d'amour. On peut toujours compter sur eux.

19

Depuis plusieurs jours, je redoute ma prochaine leçon d'équitation. J'ai peur que tout le monde parle des voleurs de poneys, j'ai peur de me trahir. En plus, je n'ai pas encore trouvé le temps de m'excuser auprès de Jenna et Roy pour avoir monté Coconut sans permission.

Je préférerais de loin être dans les collines.

Comme je m'y attendais, mon cours du vendredi n'est pas le même sans ma ponette préférée. Kelly m'emmène en randonnée dans la forêt avec Bailey et, pendant une heure, je dois l'écouter me parler de «ce pauvre Mr Seddon».

– Il ne va pas se laisser intimider par une bande de voleurs, insiste-t-elle. Il compte ouvrir un centre équestre. Jenna et Roy m'ont raconté qu'il était en train de se renseigner pour acheter de nouveaux poneys. Ils doivent regretter de lui avoir vendu Coconut, vu ce qui s'est passé. En même temps, c'est un peu gonflé de sa part d'ouvrir un autre centre juste à côté du nôtre. Ça va nous faire de la concurrence. Enfin, j'ai de la peine pour Seddon, c'est terrible de perdre deux belles montures de cette façon...

J'ouvre la bouche pour lui dire tout le bien que je pense de Seddon, mais je me retiens. Je risquerais d'éveiller les soupçons. Malgré tous nos efforts pour protéger Coconut et Serena, nous ne pouvons rien contre Seddon – il a trop d'argent, d'importance et de pouvoir. C'est déprimant.

– J'en ai assez de venir ici, j'annonce à Stevie en ramenant Bailey à l'écurie. Ce n'est plus comme avant. Coconut n'est plus là, et si Kelly me répète encore une fois combien elle est désolée pour ce pauvre Seddon, je vais péter les plombs et lui dire que c'est un sale type.

– Surtout pas.

Il retire la selle de Bailey et commence à le brosser.

– Elle se demanderait d'où tu tiens ça, et je ne vois pas comment tu pourrais le lui expliquer sans lui mettre la puce à l'oreille. Seddon est très respecté par ici. Personne ne te croirait, et tu mettrais les poneys en danger.

– En tout cas, si je continue à venir au centre, je vais finir par faire une gaffe. J'adore l'équitation, mais... je crois que je vais arrêter les cours. Coconut et Serena ont besoin de moi.

– Qu'est-ce que tu vas dire à tes parents ? Ils vont trouver ça bizarre que tu ne veuilles plus prendre de leçons !

– Je trouverai autre chose à faire le vendredi après-midi. L'orchestre du collège répète ce jour-là, et Mrs Noble recrute de nouveaux membres. Je m'entraîne tous les jours sur les airs que Paddy m'a appris ; je serai forcément sélectionnée.

– Modeste, dis donc.

– Non, confiante, c'est tout.

– C'est dingue, tu es toujours persuadée que les choses se passeront comme tu l'as prévu. «J'aurai mes exams, j'irai à l'université, je deviendrai vétérinaire et pendant mon temps libre, je jouerai dans un orchestre…»

– N'oublie pas le sauvetage des baleines, des tigres et des pandas géants, je le taquine. Et la création d'un refuge pour animaux. J'ai bien le droit de rêver, non ? Et si on n'y croit pas un peu, ce n'est pas drôle. De toute façon, il *faut* y croire pour que ça marche !

– À t'entendre, ça semble facile !

– Facile, je ne sais pas, mais… il n'y a pas de raisons que ça n'arrive pas. Au moins en partie. Et toi ? Tu te vois où dans dix ans ?

– En train de ramasser du crottin et de nettoyer des box, répond-il, le visage sombre. Au fond, ça ne me dérange pas – j'aime travailler près des chevaux.

Mais je ne suis pas comme toi, Coco. Je ne suis pas doué pour l'école.

– Tout le monde a du mal, il faut juste s'organiser et savoir travailler…

– Ce n'est pas si simple. Crois-moi.

– Mais…

– Mais rien, OK! Arrête!

Il ébouriffe la crinière de Bailey et s'éloigne d'un pas furieux. Son côté lunatique est franchement insupportable.

Avec les poneys, il faut se montrer patient, doux, gentil. Gagner leur confiance. C'est pareil avec tous les animaux, d'ailleurs. Mamie Kate a eu une chienne appelée Gigi adoptée dans un refuge. Elle devenait folle dès qu'on essayait de lui prendre quelque chose. Je l'ai découvert à mes dépens pendant des vacances chez ma grand-mère – Gigi avait volé une des mes nouvelles sandales rouges et s'apprêtait à la mettre en pièces. Quand j'ai voulu la récupérer, elle m'a mordu la main.

Mamie Kate m'a expliqué que les chiens des refuges ont souvent eu un passé difficile. Après avoir été abandonnée, Gigi avait vécu dans les rues pendant des mois, fouillant les poubelles et se battant pour manger. Voilà pourquoi elle était devenue si possessive. Guidée par ma grand-mère, je lui ai parlé doucement, je l'ai caressée et calmée, et j'ai enfin pu attraper ma sandale mordillée sans qu'elle bronche. Quelques minutes plus tard, elle roulait sur le dos et soupirait d'aise pendant que je lui grattais le ventre et les oreilles. Ce jour-là, j'ai eu l'impression qu'on m'avait révélé un secret: ça ne sert à rien de se mettre en colère puisqu'il suffit d'un peu de gentillesse pour que la plupart des animaux deviennent doux comme des agneaux.

Stevie se comporte ainsi avec les poneys: il est calme, ferme, attentionné, complètement différent du garçon agressif que je croise dans les couloirs du collège. Les animaux font clairement ressortir le meilleur de sa personnalité.

Est-ce que l'approche douce et patiente fonctionne aussi avec les êtres humains?

Il y a un moment que j'essaie d'apprivoiser Stevie par des sourires et des mots gentils, mais les progrès sont incroyablement lents. Il est pire que Serena. Alors qu'il semblait se radoucir, il se rétracte soudain, recule et se cabre. Enfin, pas au sens propre, mais vous voyez ce que je veux dire. Il redevient sauvage, se renferme.

S'il était un poney, je lui offrirais à manger, lui caresserais les oreilles et lui gratterais le cou. Je ne vais quand même pas lui caresser la joue quand il se moque de mes gâteaux, ce serait trop bizarre.

Malgré tout, il semble que nous ayons trouvé un terrain d'entente. Quand arrive le samedi après-midi, Jasmine Cottage ressemble moins à une ruine perdue au milieu de nulle part qu'à une tanière rassurante. On a entassé du bois dans la cuisine sombre, suspendu quelques lampes supplémentaires et recouvert le fauteuil défoncé d'une vieille couverture qui le rend presque attirant. À l'extérieur, on a accroché des guirlandes lumineuses pour éclairer les lieux quand il fera nuit, et dégagé le chemin qui traverse le jardin embroussaillé.

— Ça risque d'attirer l'attention si la police monte jusqu'ici, souligne Stevie en fronçant les sourcils. Depuis la colline, on ne voit rien, mais s'ils franchissent le portail, ils sauront tout de suite qu'il se trame quelque chose.

— De toute façon, s'ils arrivent jusque-là, ils verront les ponettes. Elles sont beaucoup moins craintives maintenant. Coconut est très à l'aise, et même Serena s'enhardit. Dès qu'elles entendent grincer le portail, elles rappliquent pour réclamer une friandise ou un câlin. Si cette maison est découverte, on est fichus. On n'a plus qu'à espérer qu'ils ne chercheront pas par ici.

— Mais non. Enfin, j'espère.

Comme si elle avait compris qu'on parlait d'elle, Serena apparaît et me donne un petit coup de tête, avide de carottes et de caresses. En l'espace de quelques jours, cet animal nerveux et négligé est devenu un poney aux yeux brillants et à la personnalité bien affirmée. Ce matin, alors que je la pansais pendant que Stevie préparait les seaux de nourriture, je me suis dit que si je n'étais pas déjà dingue de Coconut, j'aurais certainement eu un coup de cœur pour elle.

– Elle est nettement plus calme, commente Stevie. Comme si elle avait décidé d'oublier les six dernières semaines, de tourner la page.

– Six semaines ? C'est le temps qu'elle a passé chez Seddon ? Comment tu sais ça, toi ?

Il hausse les épaules.

– J'ai dit ça au pif. L'important, c'est qu'elle a l'air d'avoir bon fond malgré ce qu'elle a vécu, et elle est encore assez jeune pour réapprendre à faire confiance aux hommes. Si seulement on pouvait la conduire au refuge dont tu m'as parlé avant la naissance de son petit...

– Pas si idiot que ça, alors, mon plan ?

– Parfois, les idées les plus folles sont les meilleures.

– Dans ce cas, j'en ai une autre : je peux monter Coconut ?

Je la prends par le cou et frotte ma joue contre la sienne.

– J'aimerais aller sur les collines avec elle. Ça ne craint rien, non ?

– Quelqu'un pourrait te voir, mais aujourd'hui ça me semble encore plus désert que d'habitude...

– Donc, c'est oui ?

Il grimace.

– Telle que je te connais, tu vas encore faire une bêtise et te retrouver par terre, et après je devrai courir jusqu'à la route pour arrêter une ambulance.

– Très drôle. Je suis quasi certaine que c'est l'exercice qui l'a effrayée l'autre jour. Et d'après Kelly, la fois d'avant, le garçon qui la montait avait levé la main pour saluer quelqu'un. On dirait qu'elle prend peur quand il se passe quelque chose derrière sa tête. Peut-être qu'elle a déjà été frappée.

Stevie plisse les yeux.

– Tu as sans doute raison. Mais avec le temps, on l'aidera à surmonter ses craintes. Il faut juste qu'elle apprenne à faire confiance.

– Comme Serena.

Comme tout le monde, d'ailleurs. Stevie, Honey, Summer... et moi aussi, peut-être.

– J'éviterai tout geste qui pourrait l'inquiéter, je promets. Elle a besoin de courir un peu.

– Bon... de là-haut, on verra les gens arriver à des kilomètres. Je vais lâcher Serena dans le champ muré, ça lui fera du bien. Allez... on n'a qu'à essayer.

Après avoir sellé Coconut, je la conduis jusqu'au portail branlant. Les petites fleurs blanches du jasmin frôlent mes cheveux au passage. Stevie me suit, tenant Serena au bout d'une longe. Quand il la détache à l'entrée du terrain clos, elle hésite un moment, comme si elle n'avait pas goûté à la liberté depuis trop longtemps. Puis elle se met à caracoler avant de partir au trot, la crinière et la queue au vent.

– Tu crois qu'elle va revenir ? je demande.

– Il y a des chances. Ne t'inquiète pas.

D'un regard circulaire, j'embrasse le patchwork d'herbe sèche, de bruyère mauve et de fougères brunes qui recouvre les collines. Tout en bas, la route dessine un serpent gris sur lequel passe de temps en temps l'éclat d'une voiture. Il n'y a aucun randonneur, aucun amateur d'oiseaux, aucun touriste en vue. Mis à part un couple de lapins qui se prélasse au loin, je ne vois pas âme qui vive. J'ai l'impression d'être sur le toit du monde.

Coconut secoue la tête, les naseaux dilatés, le corps parcouru d'un frisson d'excitation. Elle est dans son élément au milieu de ce paysage sauvage où elle aurait pu naître.

– Attention, me prévient Stevie. Tu n'as même pas de bombe…

– Tu te prends pour ma mère, ou quoi ? Ça ira.

– Bien sûr. Mais tu sais comme moi qu'elle peut se montrer imprévisible. Vas-y doucement, n'oublie pas ce qui t'est arrivé la dernière fois.

— Bon, c'est toi ou c'est moi qui monte?

— On ne peut vraiment rien te dire, râle-t-il.

Avant que j'aie eu le temps de comprendre, il attrape le licou, tire Coconut jusqu'au muret, grimpe sur les pierres moussues et enfourche la selle, derrière moi. Ses bras m'entourent et ses mains chaudes se referment sur les miennes, tenant les rênes.

— Stevie, mais...

Mes protestations se perdent dans le néant car, au même instant, Coconut se met à trotter, de plus en plus vite. Alors que j'essaie tant bien que mal de me caler sur son rythme, le vent plaque mes cheveux en arrière.

— Je n'ai pas besoin qu'on m'aide! je crie, en vain. Je ne suis plus un bébé, je...

Je me tais brusquement: Coconut vient de se lancer dans un galop qui me coupe le souffle. Je n'ai pas appris comment faire, et je suis soudain terrifiée.

— Détends-toi, dit Stevie à mon oreille. Tu dois suivre le mouvement – mets-toi debout dans les étriers...

Je pousse sur mes jambes, tremblante, troublée par sa présence dans mon dos. Je sens son souffle sur ma nuque, la laine rêche de son pull contre ma peau. Peu à peu, ma peur cède la place au ravissement. Je me laisse porter par les battements de mon cœur et le bruit des sabots sur la bruyère. Je ne me suis jamais sentie aussi vivante.

Un peu plus tard, Coconut ralentit et finit par marcher au pas. Je me laisse retomber sur la selle, contre Stevie. Son cœur bat aussi vite que le mien.

– Pourquoi tu as fait ça ? je souffle dès que je suis capable de parler. Je croyais qu'il fallait y aller doucement ?

– Elle avait envie de galoper. J'aurais pu l'arrêter, mais la pauvre est restée enfermée toute la semaine. Tu avais raison, elle avait besoin de courir. Je ne voulais pas t'effrayer – tu aurais dû me dire que tu n'avais jamais galopé !

– Bien sûr que si ! je m'offusque, sans trop savoir qui j'essaie de convaincre. Des tas de fois.

Évidemment, c'est faux, et il a dû s'en rendre compte. Quant à monter en double avec un garçon, non seulement je ne l'avais jamais fait, mais ça ne me serait même pas venu à l'idée. Je voudrais me mettre en colère et reprocher à Stevie de me traiter comme une gamine, mais je me sens soudain plus adulte que jamais. Je suis dans les bras d'un garçon pour la première fois, et je trouve ça plutôt agréable.

– Elle s'en est très bien sortie, commente Stevie. Un animal dangereux aurait rabattu ses oreilles en arrière et essayé de nous désarçonner ; elle, elle n'a pas bronché.

– On n'était pas trop lourds ?

– Ça m'étonnerait. Je ne suis pas très gros, et toi tu

es une vraie crevette. Autrefois, les poneys exmoors étaient utilisés comme bêtes de trait, tu sais. Elle n'aurait pas galopé aussi vite si on l'avait gênée.

De retour au portail, nous mettons pied à terre, soudain tout intimidés. Pendant que je ramène Coconut, Stevie va chercher Serena ; elle accourt aussitôt, curieuse mais paisible, à croire qu'elle le connaît depuis toujours. Je prends conscience que sa connexion avec les animaux n'est pas simplement une question de douceur et de patience. Il a un truc en plus, quelque chose de magique.

Une fois dans le jardin, je desselle Coconut et la laisse libre. Stevie et moi restons assis un moment au soleil. Je partage mes pommes et mes barres de chocolat avec lui. D'après ma théorie sur l'apprivoisement, cela revient à offrir du grain à un poney. Il sourit, écarte ses cheveux de ses yeux, et tout à coup, je ne sais plus très bien qui apprivoise qui.

Rien n'a changé autour de nous : ni le jardin calme et ensoleillé, ni le parfum du jasmin, ni le cri des buses au-dessus de nos têtes. Et pourtant, d'une certaine façon, tout est différent.

20

Je suis perdue ; je ne sais vraiment pas quoi penser de Stevie Marshall. La moitié du temps, il est sombre et lunatique, avec un problème d'agressivité gros comme une montagne ; et tout à coup, il se transforme en héros, prend la défense d'une petite fille, apaise deux chevaux maltraités et bondit en selle pour m'empêcher de tomber quand je galope à travers les collines.

Sarah, Jade et Amy s'en donneraient à cœur joie si elles savaient – mais je n'ai pas l'intention de leur parler de lui. Elles ne me lâcheraient plus une seconde.

Je sonne chez Sarah à dix-huit heures avec une carte d'anniversaire et un cadeau. C'est un petit tigre en peluche adorable, pour l'achat duquel deux livres sont reversées à une association de défense des tigres. Les autres filles sont déjà là, en train de manger de la pizza et de se préparer pour le feu d'artifice. Sarah a l'air d'apprécier ma surprise, mais je ne peux pas m'empêcher de remarquer qu'après m'avoir remerciée elle la pose dans un coin et retourne s'amuser avec les vernis à paillettes et les fards à paupières que Jade et Amy lui ont offerts.

C'est étrange : Sarah n'a jamais été portée sur le maquillage. Avant, elle trouvait ça bête et inutile, et voilà qu'elle pose devant le miroir en essayant différentes tenues pour sortir.

— Alors, on fabrique des pancartes pour le feu d'artifice ? je propose, histoire de changer de sujet. Je me disais qu'on pourrait réclamer l'interdiction de la vente de fusées et de pétards aux particuliers... les gamins comme Darren passent des semaines à en faire claquer avant la fête. Et la plupart des animaux sont terrorisés !

Sarah, Jade et Amy échangent des regards.

— Ça sert à quoi ? lâche enfin Amy. Personne ne nous écoutera ce soir. C'est aux boutiques qui vendent des pétards que tu devrais t'adresser. Oublie un peu tout ça et amuse-toi. Pourquoi faut-il toujours que tu milites contre quelque chose ?

— C'est l'anniversaire de Sarah, me rappelle Jade. Il faut fêter ça !

Je soupire. Difficile d'essayer de changer le monde quand on ne se sent pas soutenue. C'est une tâche bien trop lourde pour une seule personne, or, ces derniers temps, on dirait que mes copines ont baissé les bras. Bien sûr, elles aiment toujours les animaux, mais disons qu'elles ont d'autres priorités.

Je prends une part de pizza en me demandant si je n'aurais pas mieux fait de rester au cottage avec Stevie.

– Tu ne veux pas te changer, Coco ? s'étonne Amy. J'ai apporté deux ou trois jupes, tu peux les essayer si tu veux. Et Sarah a un top pailleté qui t'irait très bien.

– Je ne vais pas mettre une jupe pour aller voir le feu d'artifice, je marmonne. Ça caille ! J'ai choisi des vêtements chauds exprès, et puis regarde, c'est mon plus beau jean !

– Tu es vraiment un garçon manqué, me reproche Jade. Tu veux bien que je te maquille ? Tu ferais tellement plus mûre avec un peu de crayon et de fard à paupières…

– Je n'ai pas envie de faire plus mûre. Je préfère rester moi-même !

Au bout d'une heure de préparatifs dans la chambre de Sarah, nous sortons enfin pour rejoindre le front de mer où le feu d'artifice doit avoir lieu. J'ai réussi à m'en tirer à peu près indemne, à l'exception d'une fine couche de gloss et d'une touche de poudre nacrée sur les joues. Malgré tout, je suis contente qu'il fasse sombre parce que, rien qu'avec ça, je me sens ridicule et trop pomponnée.

Le spectacle commence alors que nous traversons

la plage de sable fin. Après avoir acheté des gobelets de soupe, nous nous serrons les unes contre les autres pour admirer les arabesques colorées qui illuminent le ciel, en riant et en criant chaque fois qu'une fusée explose dans une myriade d'étincelles.

Les feux d'artifice ont quelque chose d'excitant; le rythme cardiaque s'accélère, tous les sens sont en éveil, et on frissonne un peu devant un tel spectacle. Au bout d'un moment, je finis par me détendre. Je ne pense plus aux pancartes que j'aurais voulu apporter, et je profite simplement de la fête.

– Tu t'amuses bien? me demande Sarah en me prenant par le bras tandis que les gerbes du bouquet final retombent dans le ciel. Je sais que tu n'es pas pour, mais…

– J'ai adoré! Désolée d'avoir été rabat-joie tout à l'heure. Parfois, je suis un peu trop obsédée par les causes que je défends. Il faut dire que ces derniers temps, j'ai eu pas mal de soucis.

– Tu parles des poneys? Je suis tellement fière que tu les aies sauvés, j'espère que tu le sais. Au moins, tu agis vraiment, tu changes les choses, alors que, nous, on se contente d'y penser. Tu es si courageuse!

– Je n'en suis pas convaincue…

Notre conversation s'arrête là, car Jade et Amy nous poussent vers la fête foraine. Ouverte tout l'été pour les touristes et les vacanciers, elle prend traditionnellement fin le week-end du feu d'artifice. C'est donc la dernière chance d'en profiter, et le meilleur moyen de passer une bonne soirée.

La foule massée sur la promenade se dirige elle aussi vers les lumières vives, le parfum des beignets et des pommes d'amour, et la musique endiablée. Il y a une éternité que je ne suis pas allée à la foire, mais je suis toujours aussi enthousiasmée par le bruit, le monde et le sentiment que ce n'est pas une nuit comme les autres. Quand j'étais petite, maman et papa m'y emmenaient; je jetais des balles de ping-pong dans de grands bocaux en verre pour gagner des nounours, je mangeais de la barbe à papa qui me collait au visage, je tournais sans fin sur des carrousels en rêvant que les chevaux de bois soient des vrais. Plus récemment, j'y suis retournée avec maman et Paddy, ou avec les parents de Sarah, mais c'est la première fois qu'on y est entre copines, sans adulte pour nous surveiller.

Et c'est encore plus drôle comme ça.

– Allons sur les autos tamponneuses, propose Amy. Il faut que vous voyiez les garçons qui les tiennent. Ils sont trop canon!

– Je crois que je viens d'apercevoir Zack Jones du lycée, ajoute Jade. Il n'est pas sorti avec Summer pendant un moment? On va lui dire bonjour?

– Pas la peine. C'est un sale type.

– Un sale type mignon, alors, commente Amy. Mais

attendez de voir les garçons des autos tamponneuses ! Enfin, s'ils sont toujours là… ils sont deux, et celui que je préfère est troooop cool. Vous verrez !

Un peu agacée, je la suis malgré tout à travers la foule. Nous arrivons devant le manège juste au moment où un tour prend fin. L'un des deux jeunes dont Amy a parlé tient la caisse, tandis que l'autre reste sur la piste pour aider les gens à s'installer.

– C'est lui ! souffle-t-elle, les joues toutes roses. Vous ne trouvez pas qu'il est trop craquant ?

C'est un garçon maigre aux yeux rieurs, avec des tatouages qui dépassent des manches de son blouson de cuir. Il a plusieurs années de plus que nous, et un côté *bad boy* qui fascine mes amies.

Lorsqu'il nous aperçoit, il nous fait signe d'approcher et nous installe dans une auto libre.

– Prêtes pour le grand frisson, les filles ? demande-t-il d'un ton charmeur. Vous allez bien vous amuser !

– On dirait un acteur de cinéma ! chuchote Jade lorsqu'il s'éloigne.

– Beaucoup trop vieux pour nous, je souligne. Il doit avoir au moins dix-sept ou dix-huit ans.

– Il paraît que les forains ne sont pas très fréquentables, dit Jade.

– On s'en fiche ! se moque Amy. Le plus important, c'est qu'ils soient mignons !

La musique reprend de plus belle et la voiture aux

couleurs multicolores se met à bouger. Coincée entre mes copines, je m'agrippe comme je peux tandis que nous valsons de plus en plus vite. Les basses assourdissantes, le choc des autos tamponneuses, le sol qui défile et les éclats de rire me donnent le tournis.

– Ça va, les filles? demande le tatoué en montant sur le rebord de notre bolide. C'est assez rapide pour vous? Ou est-ce que vous êtes prêtes à passer aux choses sérieuses?

Sur ces mots, il donne une impulsion et la voiture se met à tournoyer sur elle-même à toute vitesse pendant que, terrorisées mais ravies, nous poussons des cris perçants. Et puis le mouvement ralentit, la musique diminue et toutes les autos se retrouvent à l'arrêt.

– Et voilà, mes chéries, lance le forain en nous aidant à descendre. Revenez me voir si vous en voulez encore, OK?

– Promis! réplique Amy.

– J'ai la tête qui tourne, je gémis, incapable de me tenir debout. Hou là!

– Moi aussi, je me sens bizarre, dit Jade. Je ne sais pas si c'est à cause du manège ou de ce type…

– Les forains sont beaux et infréquentables, répète Sarah en s'accrochant à moi sur la piste qui semble onduler C'est le meilleur anniversaire de ma vie!

Je suis son regard et découvre le jeune forain accoudé à la rambarde du manège, en train de parler avec une jolie blonde qui porte un béret en crochet vert, une veste en laine et la jupe la plus courte que j'aie jamais vue.

Mon sang ne fait qu'un tour.

– Honey? je m'exclame avant de lâcher mes amies et de courir vers elle. Honey? Qu'est-ce que tu fiches ici?

Elle me toise d'un air ennuyé, puis résigné, sous les yeux du tatoué qui a l'air de trouver ça très drôle.

– Je pourrais te poser la même question, finit-elle par répondre d'un ton sec.

– C'est l'anniversaire de Sarah, souviens-toi! On est allées voir le feu d'artifice, et ensuite on avait prévu de venir ici. Maman est au courant.

– Tant mieux pour elle. Et moi, je suis à mon club d'histoire, comme tu vois. Avec les filles…

D'un geste, elle désigne deux ados ultra maquillées en jean moulant et bottes à talons aiguilles, qui fument une cigarette à côté d'elle. Elles n'ont pas des têtes de lycéennes, et encore moins d'élèves modèles.

Le forain me regarde de la tête aux pieds, puis se tourne vers Honey.

– À plus tard, dit-il avant de repartir vers les autos tamponneuses.

– Comment ça, «à plus tard»? je demande. Ne me dis pas qu'il fait partie de ton club, lui aussi! J'ai beau avoir douze ans, je ne suis pas idiote!

Elle lève les yeux au ciel.

– OK, OK, j'avoue. Mais tu garderas ça pour toi, hein, Coco ? Maman et Paddy péteraient les plombs s'ils apprenaient que je suis venue ici. Mais ce n'est pas ce que tu crois. Je travaille sur un projet pour le lycée…

– Quel projet ?

Elle sort un petit appareil photo de sa poche et me montre ses derniers clichés.

– Un dossier d'arts plastiques consacré à la fête foraine. Maman ne veut pas l'admettre, mais c'est la seule matière qui m'intéresse, et j'ai vraiment envie de progresser.

Les images défilent ; sur certaines, on voit le jeune aux tatouages adossé aux décors de la fête, sur d'autres, les filles ultra maquillées, le caissier ou des enfants qui font la queue en riant devant le stand de hot-dogs. Elles sont très réussies. Le soulagement m'envahit.

– Tu vois ? reprend Honey. Je fais des recherches pour un tableau. Pas de quoi t'inquiéter, ni en parler à maman et Paddy, pas vrai ? Contrairement à eux, je sais que, toi, tu me comprends. Je ne veux pas que mon projet prenne du retard à cause de ma punition.

– Non, c'est sûr…

Elle me serre dans ses bras, m'ébouriffe les cheveux sous le bonnet panda, puis me laisse rejoindre Sarah et les autres.

Je la crois : on sait tous qu'elle adore l'art. Pourtant, je ne peux pas m'empêcher de ressentir un léger malaise.

21

Inspirée par l'exemple de Stevie, je décide d'apporter moi aussi mes devoirs au cottage où nous passons désormais la plupart de nos après-midi. Il me donne un coup de main pour les maths et la technologie et, en échange, je l'aide à réviser l'anglais et le français. Ça rend les choses beaucoup plus amusantes.

Est-ce pour cette raison que Honey aime travailler chez Anthony – si tant est qu'elle y aille vraiment ? Finalement, ils y trouvent tous les deux leur avantage : elle améliore ses résultats, et lui a l'occasion de passer du temps avec la fille qu'il aime. Rien à voir avec ce qu'il y a entre Stevie et moi, bien sûr, même si je rougis parfois quand je le surprends en train de m'observer. C'est certainement mon imagination qui me joue des tours. À mon avis, il me trouve toujours aussi exaspérante. Il fait juste davantage d'efforts pour le cacher. Enfin, la plupart du temps.

— Il n'y a qu'ici que j'ai le temps de faire mes devoirs, je lui confie, penchée au-dessus d'un exercice de maths. Je ne suis presque jamais à la maison, et de toute façon, c'est un peu la folie là-bas à cause de la méga commande de chocolats. Comment tu t'en sors, toi, avec tout ça en plus de ton travail au centre ?

— Je ne m'en sors pas, répond-il. Ça fait une éternité que je n'ai pas rendu un devoir. Hier, Mr Merlin a failli s'évanouir quand je lui ai donné mon contrôle d'histoire.

— En parlant du boulot, tu l'as obtenu comment ? Ils ne t'ont pas trouvé trop jeune ?

— J'ai menti, j'ai dit que j'avais quatorze ans. J'avais vraiment besoin de cet argent.

— Pourquoi ?

— Pour rien.

— Et… pourquoi tu ne fais pas tes devoirs chez toi ?

— Parce que. Tu ne sais pas comment c'est là-bas. Je suis trop occupé.

Malgré son refus évident d'entrer dans les détails, je ne peux pas m'empêcher d'insister.

— Occupé à quoi ?

— À aider ma mère et ma sœur, tout ça, grogne-t-il. Tu es drôlement curieuse, dis donc.

— Et toi, drôlement mystérieux. Tu es agent secret, ou quoi ? Ce n'est pas facile d'apprendre à te connaître.

— Tant mieux. Je n'ai pas besoin d'amis. J'en avais,

avant, et j'ai dû m'en séparer pour venir ici, alors à quoi bon ? Je déteste cette région. « On va s'installer à la campagne, démarrer une nouvelle vie », disait ma mère. Tu parles. C'est complètement raté.

Je le regarde, assis par terre au pied du fauteuil, une expression indéchiffrable sur le visage. Il semble avoir oublié ma présence.

— Le seul point positif à la campagne, ce sont les animaux, poursuit-il. Les gens sont horribles. Ils prétendent se soucier des autres, mais ils ne s'intéressent qu'aux ragots. Personne n'agit jamais, et les méchants gagnent toujours. Pourquoi certains s'imaginent qu'ils ont tous les pouvoirs, qu'ils peuvent traiter les autres comme des chiens ? Il n'y a aucun moyen de s'en sortir, ni même d'aider ceux qu'on aime. Ça me tue !

Je n'ai pas la moindre idée de ce à quoi il fait allusion, mais j'ai l'impression qu'il ne s'agit pas seulement de Darren et des gâteaux volés.

— Stevie ? Quoi qu'il se passe, tu peux m'en parler...

— Non ! crie-t-il en bondissant sur ses pieds. Je ne veux pas en parler, ni à toi ni à personne. Lâche-moi, Coco, OK ? Je ne suis pas un de tes projets caritatifs. Je te l'ai déjà dit : tu ne peux pas régler tous les problèmes du monde. Alors laisse tomber, fiche-moi la paix !

Il sort de la maison en courant, mais j'ai le temps d'apercevoir ses joues couvertes de larmes. Ça me choque encore plus que tout le reste. Je n'aurais jamais cru que Stevie était du genre à pleurer.

Pendant une demi-heure, il s'affaire dans le noir à remplir des seaux au ruisseau et à couper les branches avec un sécateur. Au moins, il n'est pas parti sans moi.

Je ne bouge pas et me concentre sur mes maths, dans l'espoir qu'il finisse par revenir comme si de rien n'était une fois la crise passée.

Comme dit Mamie Kate : «Moins on en sait, plus vite c'est oublié.» C'est un bon conseil. J'ai constaté qu'avec Stevie ça ne sert à rien de poser des questions.

— Alors, tu viens ? me lance-t-il au bout d'un moment. Il est tard, ta famille va te chercher.

— Tout ça pour échapper à ta rédaction d'anglais… je me moque en attrapant mon sac à dos. C'était sympa, ta séance de jardinage au clair de lune ?

— Je ne le recommande pas. J'ai failli tailler la queue de Coconut en même temps que les arbres. Ça aurait fait une jolie sculpture…

Nous traversons la lande en silence. Une fois devant le bosquet de noisetiers, Stevie se tourne vers moi. le visage dans l'ombre.

— Je ne te comprends pas, déclare-t-il. Je ne comprends pas pourquoi tu t'accroches. Tu reviens toujours à la charge avec tes questions maladroites, et tu me forces à dire des trucs alors que je n'ai pas envie de parler. Tu me rends dingue, et je crois que c'est réciproque, mais...

Son souffle forme un nuage de buée dans l'air glacial.

– Non, vraiment, je ne comprends pas, répète-t-il.

– Ça s'appelle être amis, je réponds avant d'enfourcher mon vélo et de filer sur la route obscure.

Je le pense vraiment.

Au collège, Stevie se comporte la plupart du temps comme si je n'existais pas. Quand je le croise dans un couloir ou à la cantine, il se contente de grogner un vague «salut». Il reste fidèle à lui-même, solitaire et sombre, le regard rivé au sol. Parfois, je me demande s'il ne rêve pas d'être invisible. Mais il ne l'est pas, en tout cas pas pour moi.

Le jeudi matin à l'heure de la récré, Sarah, Jade et Amy me retiennent dans la salle de cours.

– Tu as lu le journal? demande Sarah en dépliant un exemplaire de la *Gazette d'Exmoor* sur la table. Il y a un grand article sur les poneys disparus. Tu es célèbre! Même si c'est pour de mauvaises raisons...

– Chut! je murmure. Baisse d'un ton!

À la vue du titre «*Récompense offerte pour les poneys volés – La plus grande vigilance est recommandée aux propriétaires de chevaux*», mon cœur bondit dans ma poitrine.

Je lis à haute voix:

— « Il y a dix jours, près de Hartshill, des voleurs sans scrupule n'ont pas hésité à s'emparer du cadeau d'anniversaire d'une petite fille, la laissant inconsolable. Ce poney auquel toute la famille était très attachée a été dérobé en même temps qu'une autre monture de randonnée de grande valeur, pleine qui plus est, au cours d'un raid nocturne soigneusement planifié. Le propriétaire, le notable local James Seddon, a promis une forte récompense à quiconque lui fournirait des informations permettant de retrouver la piste de ses animaux. La police craint par ailleurs que les voleurs ne récidivent… »

— Tu es sûre qu'ils étaient maltraités ? s'inquiète Amy.

— Absolument ! Cet article raconte n'importe quoi ! Des montures de randonnée ? Serena n'est même pas complètement dressée, et elle était tellement paniquée quand je l'ai approchée que j'ai cru qu'elle ne se calmerait jamais. C'est un miracle qu'elle n'ait pas perdu son petit, vu son état. Quant à la fillette, elle était aussi terrorisée que les poneys. Franchement, j'aimerais bien aller expliquer la vérité aux journalistes.

— C'est une mauvaise nouvelle, cette histoire de récompense, souligne Jade. Les gens vont ouvrir l'œil maintenant. Tu vas devoir te méfier de tout le monde.

— Et surtout de toi, la taquine Amy. Tu es trop bavarde. Les murs ont des oreilles, pas vrai ?

– Hein? s'étonne Jade. Quelles oreilles? De quoi tu parles?

– Elle voudrait que tu te taises, explique Sarah en fourrant le journal dans mon sac avant qu'on nous surprenne.

Elle jette un coup d'œil autour d'elle.

– On va devoir être encore plus prudentes. Coco, est-ce que les… hum… les réfugiés sont en sécurité?

Je ne comprends pas tout de suite.

– Les réfugiés?

Elle baisse la voix.

– Tu sais bien! Je ne veux pas prononcer le mot «poney». On pourrait nous entendre!

– Personne ne nous écoute, je la rassure. Et oui, je pense qu'ils sont en sécurité, même si… ce n'est pas certain à cent pour cent.

– Tu as intérêt à mieux les cacher, alors, me prévient Sarah. Sinon c'est toi qui feras les gros titres bientôt: «*La plus jeune voleuse de poneys du pays.* »

Après ça, la journée ne fait qu'empirer.

Mr Merlin nous colle une interrogation surprise, que j'ai du mal à terminer. En arts plastiques, je passe une heure à fabriquer un joli pot en argile, qui finit par terre; et en sciences, je suis tellement peu concentrée que je manque de mettre le feu aux cheveux de Sarah avec un bec Bunsen. Elle se met à hurler, et Stevie me jette un regard consterné depuis l'autre bout de la salle. J'écope d'une punition consistant à écrire cent fois : «Je dois apprendre à respecter le matériel de laboratoire». Génial.

— Et le respect de mes cheveux ? s'insurge Sarah.

Honnêtement, ils sont déjà si abîmés par son usage excessif du fer à lisser qu'elle n'est plus à ça près. Enfin, à mon avis.

Ce n'est pas facile de garder son sang-froid quand on est la plus jeune voleuse de poneys du pays.

Après la sonnerie, Stevie me coince près des casiers.

— Qu'est-ce qui t'arrive ? me demande-t-il. Tu as été nerveuse toute la journée. Tu as un problème ?

— Le voilà, le problème, je réponds en lui tendant le journal. On est mal.

— Pas de panique. On se doutait que Seddon irait voir la presse et mentirait. Il faut qu'on reste calmes. Ça ne change rien.

Je me mords les lèvres.

— Je sais. Mais c'est difficile de ne pas s'inquiéter.

Stevie fronce les sourcils.

— Ne m'en parle pas. Moi aussi, j'ai appris une mauvaise nouvelle aujourd'hui. Seddon a acheté deux nouveaux poneys. Pas de femelle enceinte, heureusement, et ils sont déjà dressés, mais...

Ma gorge se noue. C'est la goutte d'eau qui fait déborder le vase.

— On peut les sauver ? Les sortir de là ?

– N'y pense même pas, Coco. On a réussi à s'en tirer la première fois, mais ce serait de la folie de recommencer. Pour le moment, la police pense que c'était un vol isolé. Si on s'attaque à nouveau à Seddon, ils vont se poser des questions. On ne peut pas prendre ce risque. Ça mettrait Coconut et Serena en danger, on gâcherait tout !

– Je le déteste, je grogne en donnant un coup de pied dans le mur. Je le déteste plus que n'importe qui au monde.

– Pareil. Bon, on en reparlera plus tard…

Sarah vient d'arriver. Stevie la foudroie du regard avant de filer.

– Qu'est-ce qu'il voulait, celui-là ? chuchote-t-elle.

– Juste me balancer quelques remarques désagréables ; il paraît que je risque de mettre le feu au collège si je ne fais pas attention. Charmant.

– Tu lui plais, déclare Sarah. Ça se voit à son regard de braise.

– Son regard noir, tu veux dire. Il est comme ça avec tout le monde.

– Peut-être.

Elle le suit des yeux jusqu'à ce qu'il disparaisse dans la foule des élèves qui se dirigent vers la sortie.

– Ou peut-être pas. Tu lui plais. Crois-moi.

Ces paroles résonnent dans ma tête pendant tout le trajet du retour.

22

À Tanglewood, le silence règne sur la petite chocolaterie pour la première fois depuis près de quinze jours. Aucune odeur de chocolat fondu ne flotte dans l'air. Quand j'entre dans la cuisine pour me préparer une thermos à emporter au cottage, je remarque tout de suite que quelque chose ne va pas. Maman et Paddy sont assis à la grande table en pin, le visage grave.

— Tout va bien ? je demande. Vous allez finir la commande dans les temps ?

— La chocolaterie marche comme sur des roulettes, me répond Paddy. Heureusement. Le dernier colis devrait partir d'ici la fin de la semaine prochaine. Mais aujourd'hui, vu les circonstances, on a renvoyé les ouvriers chez eux de bonne heure…

— J'ai été aveugle, dit maman. J'ai été bernée comme une idiote. J'étais trop prise par le travail et je n'ai pas remarqué ce qui se passait sous mon nez !

– C'est-à-dire ? je m'enquiers, soudain inquiète.

Est-ce que c'est à cause de l'article du journal ? Est-ce que la police est venue leur poser des questions ? Est-ce que maman et Paddy ont fini par comprendre que, au lieu d'aller voir mes amies comme je le prétendais, je me promenais dans les collines avec un garçon que je connais à peine et deux poneys volés ?

J'espère que non.

En plus, c'est comme si notre mission de sauvetage n'avait servi à rien : les deux nouvelles montures de Seddon vont souffrir à la place de Serena et Coconut. Quand je pense qu'il n'y a aucun moyen de l'arrêter, je me sens accablée de désespoir.

Maman a l'air fatiguée. Elle a des cernes, son mascara a coulé et ses épaules sont voûtées. La peur me serre le ventre.

– Maman ? Qu'est-ce qui se passe ?

D'une main tremblante, elle ramasse une lettre à en-tête du lycée.

– Oh, Coco… j'étais si fière d'elle, tellement persuadée qu'elle était remise sur les rails. Et maintenant, ça !

Tout s'éclaire.

– Honey ?

Paddy hoche la tête.

– Nous sommes convoqués chez le directeur pour discuter de ses absences répétées et de ses résultats en dents de scie, m'explique maman. Pourtant, son bulletin était excellent. Comment les choses ont-elles pu dégénérer si vite ? Ça n'a aucun sens !

— Je peux appeler le lycée pour en savoir plus, suggère Paddy.

— Attends — il faut laisser à Honey une chance de s'expliquer. Tout cela n'est peut-être qu'un malentendu… Il doit y avoir une explication logique.

— Charlotte, il suffit d'en parler avec Mr Keating…

— Non, supplie maman. Honey d'abord. S'il s'est passé quelque chose, je préfère l'apprendre de sa bouche. Je suis sa mère, elle me dira la vérité !

J'en doute, mais je me tais. J'allume la bouilloire. Au lieu de me préparer un chocolat chaud, je remplis la théière et sors un paquet de tartelettes aux fruits du placard.

Puis j'envoie un message à Stevie : «Problèmes familiaux. Ma mère est dans tous ses états. Je serai sans doute en retard. »

«J'y vais sans toi, répond-il. La famille d'abord. Bon courage, bisous. »

Je contemple l'écran de mon téléphone, bouche bée. «Bisous» ? Ce n'est pas le genre de Stevie ! Lui qui a déjà du mal à décrocher un sourire.

Le temps d'infuser le thé et de disposer les biscuits sur une assiette, les filles font leur entrée. Leur joyeux bavardage s'interrompt dès qu'elles voient le visage fermé de maman.

– Honey… commence celle-ci d'une voix rauque, en lui tendant la lettre. Dis-moi que ce n'est pas vrai !

Skye, Summer et Cherry se pressent derrière moi, hors de la ligne de tir. Fred vient fourrer son museau dans ma main et gémit doucement tandis que je lui gratte les oreilles.

– Il y a forcément une erreur, se défend Honey après un coup d'œil au courrier. C'est ridicule. Tu as bien vu mon bulletin !

– Je ne sais plus que croire. Que se passe-t-il, Honey ?

– Rien ! Ça doit être une erreur informatique ; ils ont eu plein de soucis ces derniers jours. Ou une secrétaire a confondu mon dossier avec celui de l'année dernière. J'ai de bons résultats, maintenant !

– C'est ce que nous pensions, intervient Paddy. Maintenant, nous n'en sommes plus si sûrs.

Honey lui jette un regard mauvais.

– Puisque je vous dis qu'il n'y a aucun problème ! J'étais dans le bus ce matin, vous n'avez qu'à demander aux filles. Et vous avez bien vu que je suis aussi rentrée en bus. Je n'ai pas manqué une seule journée de cours ce trimestre. Pas vrai, Summer ? Skye ? Cherry ? On n'est pas dans la même classe, mais vous me croisez dans les couloirs…

Cherry hausse les épaules, le regard fuyant. Elle ne veut pas répondre, ce qui est compréhensible – depuis son arrivée, Honey a fait de sa vie un enfer.

Je sens Summer se recroqueviller à mes côtés, les cheveux devant les yeux, les bras croisés dans une attitude de protection. Elle a toujours soutenu Honey, même quand nous avions toutes renoncé. Cette fois, pourtant, elle semble hésiter.

– Je ne sais pas, murmure-t-elle. Je ne passe plus beaucoup de temps au lycée, depuis que je vais à la clinique deux fois par semaine...

– Moi, je t'ai vue, déclare Skye, venant au secours de sa jumelle. Une ou deux fois. Je crois. Enfin, ça remonte à un moment...

– Je rêve ! gronde Honey.

Mes sœurs n'ont jamais eu l'air aussi mal à l'aise. Bien que personne ne veuille enfreindre le pacte de solidarité, nous avons toutes conscience qu'il est temps que nous arrêtions de couvrir Honey. Je suis bien contente de ne pas être au lycée ; au moins, on ne me pose pas de questions. Je n'aurais pas aimé devoir parler des allées et venues de ma grande sœur à toute heure du jour et de la nuit, et de ses virées en voiture avec des garçons qui écoutent la musique à fond. Ni de la fois où elle traînait à la fête foraine en compagnie de filles super louches et de types tatoués, soi-disant parce qu'elle travaillait sur un projet d'art plastique.

Le pire, c'est que ses escapades ne semblent même pas rendre Honey heureuse.

– Je ne sais pas pourquoi elles disent ça, insiste-t-elle, très fâchée contre les jumelles. Je passe toutes mes journées au lycée. Cette lettre est une erreur.

Paddy soupire.

– Bien, dit-il, tant mieux. Néanmoins, nous allons appeler le lycée ou passer voir Mr Keating demain matin pour lui en parler. Nous ne pouvons pas ignorer ce courrier, Honey. S'il s'agit réellement d'un problème informatique, ils le reconnaîtront. Ça ne coûte rien de vérifier.

– C'est même mieux, renchérit maman. Ça permettra de tirer les choses au clair.

Je vois Honey se décomposer. Son air assuré cède place à la colère, puis à la panique. Tout à coup, ses excuses paraissent peu convaincantes.

– Je savais que vous ne me croiriez pas! s'écrie-t-elle. Vous ne me croyez jamais, de toute façon! Arrêtez de prétendre que vous vous inquiétez pour moi – vous vous fichez pas mal de ce qui m'arrive. Tout ce qui vous intéresse, c'est vos saletés de chocolats et votre commande à la noix. Mais vous rêvez si vous pensez devenir riches grâce à ça. Vous allez finir par empoisonner quelqu'un, et après vous n'aurez que vos yeux pour pleurer! Franchement, j'en ai marre de cette famille!

Sur ces mots, elle sort en trombe de la cuisine, claquant la porte derrière elle.

– Je ne sais plus quoi faire, avoue maman d'une petite voix. Comment ai-je pu passer à côté de ça ? Comment ai-je pu me tromper à ce point ? Honey a besoin de plus d'aide et de soutien que je ne peux lui en apporter. Elle est tellement en colère, tellement perdue. Tout mes efforts n'y changent rien.

– Nous irons voir Mr Keating demain matin, lui promet Paddy. On ne peut pas la laisser gâcher son avenir comme ça.

Honey a vraiment bien choisi son moment ; comme si les parents n'étaient pas assez stressés par leur travail. Un peu plus tard, alors que, encore sous le choc, nous sommes en train de manger une tourte aux légumes réchauffée au micro-ondes, elle réapparaît dans la cuisine.

– Je viens de parler avec Anthony, annonce-t-elle d'un air suffisant, son portable à la main. Il a reçu exactement la même lettre, alors que tout le monde sait que c'est le plus gros intello de la région. Il n'a jamais dû rater un seul jour de cours de sa vie. Il m'a confirmé que c'est lié à un bug informatique, et qu'il a même reçu un e-mail d'excuses du lycée. Vous ne voulez pas regarder si vous en avez un ?

– Nous sommes à table, répond patiemment Paddy. J'irai voir tout à l'heure.

– Ma réputation est en jeu. C'est important !

Maman se lève, les lèvres pincées, pour prendre son

ordinateur portable. Elle ouvre sa messagerie et, bien entendu, y trouve un e-mail du lycée :

« Une défaillance du système informatique a entraîné l'envoi d'une série de lettres d'avertissement non justifiées, à des élèves qui réussissent par ailleurs, brillamment », lit-elle. C'est bizarre… je n'ai jamais rien entendu de tel.

— Apparemment, ça arrive souvent, explique Honey. Alors, vous voyez, c'est une défaillance du système informatique. D'accord ? Surtout, ne vous excusez pas tous en même temps.

— Eh bien… effectivement, si nous avons tiré des conclusions trop hâtives, je suis désolée, reconnaît maman.

— Merci. Maintenant, j'ai une tonne de devoirs à faire, donc si vous permettez…

Et elle quitte la pièce.

— J'ai bien dit « si » nous avons tiré des conclusions trop hâtives, répète maman. Parce que je n'en suis pas convaincue. Jette un œil à ça…

Elle passe l'ordinateur à Paddy, qui lit l'e-mail avec attention.

— C'est bien l'adresse du lycée. Et l'en-tête me semble officiel…

— Regarde mieux.

Du doigt, elle lui montre l'adresse. Nous nous penchons toutes par-dessus son épaule.

Lycée Exmoor, Graystone Lane…

– Et ? s'énerve Paddy.

– Ça devrait être « Greystone », pas « Graystone », lui signale maman. Et je vois mal le lycée commettre une telle faute, pas toi ?

Paddy hausse un sourcil.

– Oui, c'est louche. Sans compter que la ponctuation est un peu surprenante, elle aussi. Ça vient du lycée, mais…

– Ce n'est pas normal, acquiesce maman, l'air contrariée. Nous verrons ce qu'en pense Mr Keating demain matin.

23

Le vendredi après-midi, à la fin des cours, je me rends en salle de musique pour passer l'audition organisée par Mrs Noble. Juste à côté, j'entends les élèves de l'orchestre s'échauffer : couacs de trompette, accords de violoncelle et gammes maladroites au saxophone. Bientôt, avec un peu de chance, je serai parmi eux.

Je joue un morceau de violon de ma composition. Mrs Noble paraît surprise et très impressionnée. Je fais quelques fausses notes, parce que j'ai davantage l'habitude de jouer dans un arbre que dans une salle de classe, mais je trouve que ça crée une atmosphère intéressante. Après tout, je n'ai que douze ans et j'ai appris toute seule. Mrs Noble ne recherche pas non plus la perfection.

Mes futurs solos dans l'orchestre m'aideront à oublier les leçons d'équitation.

Le professeur lève une main en souriant.

— Merci, Coco, dit-elle. Tu as un style très… original. Plein de personnalité.

Je souris de toutes mes dents.

— Malheureusement, je ne vais pas être en mesure de te proposer une place dans l'orchestre cette fois-ci, continue-t-elle.

Mon sourire s'efface.

— Tu es douée, mais je crains qu'il ne te faille encore progresser un peu pour atteindre le niveau exigé. Tu dois aussi apprendre à lire les notes. Des cours de solfège seraient une bonne idée.

— Alors c'est non ? je vérifie, aussi démoralisée que si je venais d'être rejetée par le jury du *X Factor*. Vous êtes sûre ? Je devrais peut-être recommencer avec mes gants, vu que d'habitude…

— C'est non pour cette fois, Coco, répète gentiment Mrs Noble. Prends des cours et retente ta chance l'année prochaine.

Je range mon violon dans son étui, enfonce mon bonnet panda sur ma tête et attrape mon sac. Le monde est plein de désillusions. Les profs de musique ne sont pas capables de reconnaître le vrai talent, les propriétaires d'écuries maltraitent leurs animaux, les grandes sœurs partent en vrille, et les garçons grincheux ajoutent des « bisous » incompréhensibles à la fin de leurs messages. Stevie est même venu me voir à la cantine pour savoir comment ça allait chez moi.

Prise de court, j'ai répondu qu'il n'y avait aucun problème pour éviter que Sarah et les autres n'en fassent tout un plat. Mais elles ont entendu et m'ont harcelée toute la journée en répétant que je plaisais à Stevie, ce qui ne m'a pas aidée à déstresser.

Dehors, il fait un froid glacial ; je me dirige vers la grille, le cœur encore plus lourd que mon sac. Tout à coup, je reconnais trois silhouettes familières assises sur un muret.

– Coco ! appelle Cherry en courant vers moi. Viens ! On te kidnappe !

– On t'emmène goûter dehors, ajoute Skye en me prenant par le bras. On est passées au centre équestre, mais un garçon au regard de braise nous a répondu que tu avais arrêté les cours pour te lancer dans une carrière musicale…

– Un certain Stevie Marshall, précise Cherry d'un ton plein de sous-entendus. Il ne ressemble pas du tout à ta description.

– Il a l'air cool, confirme Summer.

– Il est mignon, même ! renchérit Skye. Enfin, l'essentiel, c'est qu'on t'ait trouvée. Tu as toutes tes affaires ? On peut y aller ?

Je me laisse entraîner jusqu'à un café du front de mer. Mes sœurs bavardent sans discontinuer. Je me sens tellement bien avec elles que j'en oublie un peu l'humiliation de ne pas avoir été acceptée dans l'orchestre. Je me dis aussi que beaucoup d'artistes et de musiciens n'ont pas été reconnus de leur vivant.

— Alors, pourquoi vous m'avez kidnappée ? je demande tandis que nous nous installons dans la petite salle chaude et brillamment éclairée. Même si je ne m'en plains pas !

— Oh, c'est juste que la troisième guerre mondiale vient d'être déclarée à la maison, m'explique Skye en commandant trois énormes chocolats chauds à la crème fouettée et un milkshake au lait écrémé pour Summer. Il ne fait pas bon traîner là-bas, en ce moment. Honey est vraiment dans de beaux draps. Maman est furieuse, Paddy tape du poing sur la table, et ils attendent que papa appelle depuis l'Australie.

Nous sommes assises près d'une fenêtre qui donne sur la mer, grise et menaçante au loin. Mes sœurs semblent soudain bien sérieuses.

— Qu'est-ce qu'il s'est passé ?

— Elle a été exclue du lycée, chuchote Summer. Exclue, virée, définitivement. Et Anthony aussi !

Je n'en crois pas mes oreilles.

— Mais… pourquoi ? Parce qu'elle a séché les cours ?

— Pire, reprend Skye. Maman et Paddy sont allés voir Mr Keating ce matin, et ils ont découvert le pot aux roses. Honey leur mentait depuis des mois ; elle prenait le bus jusqu'à Minehead, mais au lieu d'aller au lycée, elle filait en ville. Apparemment, elle a rencontré un garçon qui bosse à la fête foraine, et elle s'est mise à traîner avec lui et ses amis

D'un seul coup, tout s'éclaire.

– Je l'ai vue… je leur confie. Le soir du feu d'artifice. Elle était avec des filles qui faisaient peur et un type plein de tatouages. Elle m'a dit qu'elle préparait un projet photo pour son cours d'arts plastiques. Et moi, comme une idiote, je l'ai crue…

– On a toutes été idiotes, sur ce coup-là, me rassure Skye. On l'a couverte en espérant qu'elle reviendrait à la raison et se calmerait. Ça a trop duré.

– Elle a envoyé de faux certificats médicaux aux profs, poursuit Cherry. Elle n'a jamais dit clairement ce qu'elle avait, juste laissé entendre que c'était grave. Ils étaient très inquiets pour elle et personne n'a osé poser de questions aux parents.

– Ils ont dû penser que notre famille avait déjà eu assez de problèmes, commente doucement Summer. Avec mon… trouble alimentaire et le reste. C'est pour ça qu'ils nous demandaient de ses nouvelles et nous donnaient des devoirs pour elle. Anthony lui servait d'intermédiaire, il transmettait ses lettres et lui prenait les cours.

– Mais dans ce cas… pourquoi le bulletin de Honey était-il aussi bon? je réponds, perplexe. Il ne mentionnait aucune absence et tous ses résultats étaient excellents. Et puis je ne vois pas ce qu'Anthony vient faire dans cette histoire.

Cherry sirote son chocolat.

– Charlotte et papa ont passé presque toute la journée au lycée. Ils ont mené l'enquête avec le directeur, qui avait aussi convoqué les parents d'Anthony.

– Honey l'a toujours mené par le bout du nez, celui-là, dit Summer. Elle allait le voir une ou deux fois par semaine, entre deux virées avec ses copains de la foire. Anthony est amoureux d'elle, il est prêt à tout pour lui plaire.

– En plus, il est super intelligent, me rappelle Cherry. C'est un vrai geek.

– Et donc ?

Skye trempe son doigt dans sa crème fouettée.

– Tu ne vas pas le croire, mais il a réussi à s'introduire dans le système informatique du lycée. Il a modifié le bulletin de Honey ainsi que les appréciations sur ses devoirs. Flippant, hein ?

Je manque de m'étouffer avec ma boisson.

– Tu rigoles. C'est… un truc de dingue ! Pas étonnant qu'ils les aient virés ! Honey aurait dû se douter que ça ne marcherait pas !

– À mon avis, elle s'en fiche, déclare Skye. Anthony est doué, il avait tout planifié. C'est lui qui envoyait au lycée les prétendus courriers de l'hôpital. Il a même écrit des lettres à la place de maman. Un vrai cauchemar.

– C'est l'e-mail d'hier soir qui les a perdus, explique Cherry. Si Anthony ne s'était pas trompé en rédigeant l'adresse, personne ne se serait rendu compte de rien.

J'ai la tête qui tourne. Honey exclue du lycée ? Cette fois, je ne vois pas comment elle pourra s'en sortir. À force de repousser sans cesse les limites depuis des années, d'enfreindre les règles et de faire n'importe quoi, elle est allée trop loin. C'est terrifiant, mais c'est aussi un soulagement que tout soit enfin terminé.

– J'aurais dû mentir, se reproche Summer. Hier soir. Dire que je l'avais vue au lycée, pour que maman la croie...

– Non, la coupe Skye. Tu n'as pas à avoir de regrets, et moi non plus. On ne l'a pas dénoncée, on a juste été honnêtes. Il est temps d'en finir avec cette histoire de solidarité entre sœurs ; Honey a besoin d'aide, et tu le sais – nous le savons toutes. Elle n'a pas toujours été comme ça...

Je fronce les sourcils, essayant de me rappeler comment était notre sœur avant le départ de papa. Je n'ai que des souvenirs flous de cette époque, où j'ai l'impression que le soleil brillait en permanence et que tout allait bien. Bien sûr, je sais que ce n'est pas la réalité. Je me souviens d'une Honey intelligente, belle, douce et confiante. Elle riait tout le temps, et c'était la préférée de papa.

Et puis il est parti, et elle s'est transformée en furie

du jour au lendemain. Elle hurlait, accusait maman de ne pas avoir su le retenir, alors que personne n'aurait pu.

— Et maintenant, il se passe quoi ? je demande.

— Paddy est venu nous chercher et nous a tout raconté en route, dit Skye. Maman est écœurée. Elle a appelé papa à Sydney, mais il était en réunion. Ils attendent qu'il ait terminé. Honey semble sous le choc. L'ambiance est hyper lourde. Paddy nous a conseillé d'aller passer la nuit chez des amies. Maman a appelé la mère de Tina ; elle nous a invitées toutes les quatre à une soirée pyjama. Il y aura aussi Millie et Hannah, la copine de Cherry.

— On a pris des vêtements de rechange et des sacs de couchage, pour nous et pour toi, ajoute Cherry. Paddy nous a déposées au centre équestre ; quand on a vu que tu n'y étais pas, on est revenues ici à pied.

— Du coup, moi aussi je dois aller chez Tina ?

— C'est ce que maman a prévu, oui, répond Skye. Il vaut mieux qu'on reste ensemble, et à mon avis, ce n'est pas une bonne idée de rentrer à Tanglewood maintenant.

J'essaie de me représenter cette soirée pyjama : une bande de filles emmitouflées dans des sacs de couchage, en train de manger des pizzas et du popcorn et de disséquer dans les moindres détails la chute de Honey. Je ne me sens pas le courage d'affronter ça.

– Je ne pourrais pas dormir chez Sarah à la place? Une soirée avec vos copines, c'est un peu trop pour moi... il faut d'abord que je digère la nouvelle.

Skye hésite.

– Bah, je ne pense pas que ça pose problème. Du moment qu'on sait où tu es. Tu veux bien vérifier auprès de Sarah?

Je tape un message sur mon portable, et la réponse ne tarde pas à arriver.

«Pas de problème. À tout à l'heure.»

– C'est bon. Je peux y rester aussi longtemps que je voudrai.

– Génial.

Summer regarde sa montre.

– Je vais prévenir maman. On devrait y aller si on ne veut pas rater le bus de dix-huit heures. Les filles vont nous attendre.

– On va t'accompagner jusque chez Sarah, propose Skye quand nous sortons du café. Pour être sûres que tout est OK.

Ça ne servirait à rien de protester: mes sœurs sont devenues très protectrices, et ça se comprend, vu ce qui se passe à la maison. Elles seraient folles d'inquiétude si elles apprenaient dans quoi je me suis fourrée ces dernières semaines. Pour elles, je suis encore la petite fille adorable qui portait des salopettes et promenait des araignées dans des boîtes d'allumettes.

Plantées devant le portail de Sarah, elles attendent que j'aie sonné, puis courent attraper leur bus qui vient d'apparaître au bout de la route. Elles m'adressent un dernier signe de la main avant de monter a bord.

– À demain! crie Skye. Amuse-toi bien!

La porte s'ouvre sur Sarah.

– Oh, salut, Coco, dit-elle Je ne m'attendais pas à te voir.

– Je passe en coup de vent. Je reviens de l'audition pour l'orchestre, et je voulais vérifier s'il y avait des devoirs de maths à faire ce week-end.

– Oui... répond-elle. On doit réviser les fractions et les décimaux pour le contrôle de lundi.

– OK, génial. À lundi alors!

Après m'être assurée que le bus a disparu, j'agite la main et m'éloigne sous le regard médusé de Sarah. Je rejoins une silhouette solitaire adossée contre un mur un peu plus loin. Un garçon qui mange des chips, les yeux rivés sur son portable, à côté de son vélo.

24

Je l'aide à vider le paquet de chips, puis nous quittons la ville en direction du bosquet de noisetiers. Je suis assise sur la selle du vélo, les bras autour de la taille de Stevie qui pédale en danseuse. Je porte encore mon uniforme ; j'ai passé mon sac en bandoulière et attaché mon violon sur le porte-bagages. Le vent soulève mes cheveux, mais ça ne suffit pas à dissiper mes soucis – pas aujourd'hui.

– Qu'est-ce qui ne va pas ? finit par me demander Stevie quand, après avoir caché le vélo, nous montons la colline. Pourquoi ce message mystérieux ? Le vendredi, normalement, c'est mon tour.

– Et le samedi et le dimanche, c'est le mien, ce qui ne t'a pas empêché de me rejoindre. J'en ai ras-le-bol. J'ai raté l'audition de l'orchestre.

– On ne peut pas tout réussir, réplique-t-il.

Je lui répondrais bien que je voudrais simplement réussir une chose. Mais ça ne servirait à rien.

– Tu pourras me jouer un morceau, si tu veux, continue-t-il. Je ne m'y connais pas trop en musique,
mais j'aime bien le son du violon, avec son côté un
peu triste.

– On verra. Un jour, peut-être.

– Il y a autre chose ?

Je soupire.

– Une nouvelle crise familiale. Je ne veux pas rentrer chez moi, ni en parler…

– Compris.

Il fait très froid, et un million d'étoiles constellent
le ciel d'un noir de velours. C'est une de ces nuits
magnifiques où un nuage de condensation se forme
devant les lèvres à chaque souffle. Nous marchons
en silence. Et puis, au bout d'un moment, je n'y tiens
plus ˙ Les catastrophes de la journée repassent en
boucle dans mon esprit.

– Ma grande sœur a été exclue de son lycée, je lâche.
Elle a quinze ans, elle sort avec un type de la fête
foraine et elle a séché les cours. Elle a demandé à un
copain de pirater le système informatique du lycée
pour trafiquer son bulletin, et elle a fait croire aux
profs qu'elle etait très malade. Ils attendent que mon
père appelle d'Australie pour décider de la suite des
événements. De toute façon, ça va mal se passer.
Elle joue avec le feu depuis trop longtemps.

Je reprends ma respiration. Pour quelqu'un qui ne

voulait pas parler, je suis plutôt bavarde. Je raconte ensuite à Stevie comment Honey a mis le feu à la grange l'été dernier, puis a essayé de fuguer; comment, il y a quelques semaines, elle a disparu toute une nuit et s'est pointée le lendemain sans se soucier une seconde de la panique qu'elle avait causée. La police l'a mise en garde, à l'époque : si elle recommençait, ils devraient contacter les services sociaux.

Cette fois, c'est différent, mais tout aussi grave. Est-ce pour cette raison que Paddy a préféré nous éloigner de la maison ? Est-ce qu'une assistante sociale est là-bas en ce moment, en train de prendre des notes, de secouer la tête, de décider de l'avenir de ma sœur ? Rien que d'y penser, j'en ai mal au ventre.

– OK, ça craint, commente Stevie. Pas étonnant que tu n'aies pas envie de rentrer. Ça ne doit pas être facile à gérer.

– Pas vraiment, je murmure dans le noir.

Et soudain, un torrent d'amertume et de désespoir m'envahit.

– Tout le monde croit qu'on est une famille parfaite, alors que c'est faux. La grande maison dans laquelle on vit ne nous appartient même pas, elle est à Mamie Kate, et depuis le départ de mon père, on a dû la transformer en bed and breakfast pour joindre les deux bouts. Mes parents voudraient que la chocolaterie marche, mais ils ont dû arrêter la production en plein milieu d'une énorme commande à cause de cette histoire avec Honey. Oh et puis, non seulement une de mes sœurs essaie de bousiller ce qui reste de notre famille, mais une autre est anorexique…

– Je suis désolé, Coco.

Je relève fièrement le menton en arrivant devant le cottage.

– D'habitude, je ne raconte jamais mes problèmes. Je ne veux pas qu'on ait pitié de moi.

– Je comprends. Je n'en parlerai pas.

– Tu n'as pas intérêt.

Un hennissement nous parvient dans l'obscurité. Je m'arrête net, inquiète.

– Les poneys, s'écrie Stevie en courant dans la bruyère. Vite… il y a un problème !

En poussant le portail, nous découvrons Serena qui trotte de long en large dans le jardin envahi de végétation. Elle saute, tente de donner des coups de patte dans son ventre gonflé, se frotte contre la haie, gémit. Coconut la suit patiemment.

– Elle va mettre bas, m'annonce Stevie, le visage grave. J'espérais qu'on aurait encore un peu de temps…

Un sentiment de culpabilité et de panique me serre la gorge. J'ai commencé à chercher des informations sur le poulinage sur Internet, mais avec le chaos qui régnait à Tanglewood, j'ai laissé tomber, préférant occuper mon temps à préparer des gâteaux et des affiches. Et maintenant que Serena a besoin de moi, je ne sais pas comment l'aider.

Je ne me rappelle rien de ce que j'ai lu. Et dire que je veux devenir vétérinaire !

— On fait quoi ? je demande.

— On va chercher des lampes et du foin, et on croise les doigts pour que tout se passe bien.

Stevie prend Serena par le licou et appuie son visage contre sa tête en murmurant doucement pour la calmer. Il la fait aller et venir dans le jardin pendant que j'étale de la paille sur le sol de la cuisine. Au bout d'un moment, ils me rejoignent tous les deux à l'intérieur.

— Elle a perdu les eaux. Ça devrait aller vite maintenant. Si tout se déroule normalement, elle n'aura même pas besoin de nous. Il n'y a plus qu'à espérer...

Coconut entre dans le cottage, curieuse. Serena se laisse tomber à genoux, les naseaux dilatés. Stevie la caresse tandis qu'elle se couche sur le côté en agitant la queue.

— Il doit bien y avoir quelque chose que je peux faire, j'insiste.

Dans les films, quand une femme est sur le point d'accoucher, les gens mettent de l'eau à bouillir, déchirent des draps propres et rassemblent des serviettes en attendant l'arrivée des pompiers. Je ne sais pas si c'est pareil pour les poneys, mais de toute façon, on n'a ni eau chaude ni linge propre, et aucune ambulance n'est en route.

– Pourquoi tu ne jouerais pas du violon? suggère Stevie.

– Quoi, maintenant?

Il acquiesce. Bien que cette idée me semble complètement farfelue, je sors l'instrument en bois verni de son étui. Chaque fois que je joue, je suis transportée par la musique dans un monde où tout est possible. Maman peut bien m'interdire de répéter dans la maison, et mes sœurs se moquer de moi et de mes chats écorchés, rien ne m'atteint. Enfin, rien ne m'atteignait jusqu'à l'audition ratée d'aujourd'hui. La déception m'envahit de nouveau, mais je la repousse avec détermination. Seul le violon peut alléger la tension qui règne dans cette pièce.

Serena hennit doucement dans la pénombre et fixe sur moi ses yeux bordés de longs cils. Je commence à jouer, et la musique se répand jusque dans les moindres recoins de la pièce. L'air, d'abord triste, devient de plus en plus joyeux. Je joue pendant une éternité. Enfin les halètements de Serena ralentissent, et Stevie se tourne vers moi, le sourire aux lèvres.

– Je crois qu'on y est presque. Regarde!

Je pose mon archet pour m'agenouiller à côté de lui tandis que le petit fait son apparition, les jambes les premières, enveloppé dans une membrane collante.

Le temps s'écoule au ralenti. Je retiens mon souffle ; la tête sort, puis tout le corps du poulain glisse sur la paille. Je lui essuie le museau comme si j'avais fait ça toute ma vie. Serena récupère à côté en le léchant doucement.

— Il est parfait, je dis.

Mes yeux se remplissent de larmes, car en dépit de tout ce qui cloche dans le monde, ce nouveau-né est un vrai miracle.

— On devrait l'appeler Star, suggère Stevie. Parce que c'en est une, et que c'est une nuit pleine d'étoiles.

— Parfait, je répète.

Grâce à ce que j'ai lu sur Internet, je sais qu'il faut maintenant laisser Serena et son petit se reposer jusqu'à ce qu'elle rompe le cordon. Le site parlait de désinfection à la teinture d'iode, mais je n'en ai pas, alors j'essaie de ne pas m'inquiéter ; dans la nature, les chevaux s'en passent très bien.

— Elle n'expulsera le placenta que dans une heure ou deux, me prévient Stevie. Je vais attendre.

— Moi aussi. Je ne peux pas rentrer chez moi ce soir, tu sais bien.

Alors il allume un feu dans la cheminée pour éviter que nous mourions de froid.

Serena finit par se relever, le cordon se rompt et il n'y a aucun besoin de teinture d'iode.

— C'était très beau, ce que tu as joué, me félicite Stevie. On s'en fiche, de l'orchestre. Tu es faite pour te produire dans les cottages en ruine, avec des gants, et des fleurs de jasmin dans les cheveux, en harmonie avec la nature.

Je ris.

— Tu es expert en musique, toi, maintenant ? En tout cas, merci pour le compliment. Mon fan-club se limite à toi et à deux poneys.

— Trois, tu veux dire. Star est ton plus grand fan. Et on a tous très bon goût.

Je caresse le bébé du bout des doigts. Serena nous regarde, calme, rassurée. Pourtant, je ne mérite pas sa confiance. Si les choses avaient mal tourné ce soir, les poneys auraient été en danger à cause de moi.

Je pensais avoir tout prévu, tout calculé, sans aucune marge d'erreur. Et voilà que tous mes projets s'écroulent un à un. La vie n'est pas une boîte de chocolats où je peux choisir celui que je préfère ; ou alors, quelqu'un l'a remplacé pendant que j'avais le dos tourné. Ces derniers temps, j'ai plutôt l'impression de mordre dans un vieux biscuit rassis qui me laisse un arrière-goût désagréable.

Je suis nulle au violon, incapable d'arrêter les brutes du genre de Seddon, impuissante face aux drames qui secouent ma famille. J'ai tellement de secrets, j'ai menti à tant de gens que j'ai du mal à trouver le sommeil. Ni Cherry, ni Sarah, ni Amy, ni Jade ne connaissent toute l'histoire – elles n'en ont eu qu'une version édulcorée.

Honey n'est pas la seule à enfreindre les règles.

Coconut s'approche et enfouit son museau dans mes cheveux. Je sens une main sur mon épaule.

– Hé, murmure Stevie. Tu ne vas pas te mettre à pleurer, quand même…

Je passe ma manche sur mon visage, en rage.

– Je ne pleure pas… j'ai un truc dans l'œil. OK ?

Il hoche la tête, et je me dis que ce n'est peut-être pas si mal d'avoir un ami comme lui, qui s'occupe de ses affaires et n'insiste pas pour connaître mes secrets. Sans compter que c'est difficile de rester triste avec un poney qui me souffle dans le cou et mordille la capuche de mon manteau.

Je me blottis près du feu à côté de Stevie, qui me tend des pommes et du chocolat. Star lutte pour se lever, ses longues pattes ployant sous son poids tandis qu'il se met à téter sa mère. J'approche mes doigts gelés des flammes.

– Que va-t-il arriver à ta sœur ? me demande Stevie. Que vont décider tes parents ?

– Je n'en sais rien. Maman et Paddy ont été trop compréhensifs avec elle… au fond, elle n'a pas envie de vivre avec nous, de faire partie de notre famille. C'est dur à admettre, pour tout le monde. C'était la préférée de notre père ; elle doit penser que, s'il était encore là, ce serait plus facile. Le problème, c'est qu'il est passé à autre chose. Il n'a jamais pris le temps de venir nous voir quand il habitait à Londres, et maintenant qu'il est parti s'installer à l'autre bout du monde, ça ne risque pas de changer.

– On n'est pas si différents, toi et moi, commente Stevie. Nos pères nous ont tous les deux laissés tomber. Et ton beau-père, il est comment ?

– Super. Il est drôle, et il rend maman heureuse. C'est le plus important. Il travaille très dur pour qu'on devienne une famille soudée, et je crois qu'il s'inquiète vraiment pour Honey. Si seulement elle lui avait laissé une chance !

– Vous êtes tombées sur un type bien. Tu as du bol. Tout le monde ne peut pas en dire autant.

– Oh, la plupart des gens ont bon fond…

– C'est ce que je croyais aussi, avant. Après le départ de mon père, maman a voulu recommencer à zéro, mettre un peu de distance entre lui et nous. Elle a trouvé un poste de femme de ménage dans une résidence de vacances. Le travail n'était pas trop fatigant et on était logés gratuitement. Et puis tout est parti en vrille, et maintenant on est coincés ici.

– Coincés ? Je ne comprends pas.

Il se referme brusquement, comme s'il regrettait d'en avoir trop révélé.

— Un jour, je t'expliquerai, répond-il enfin en se levant pour aller chercher du bois. Peut-être. Ne t'inquiète pas pour ça. Qu'est-ce que ça peut faire que nos vies soient compliquées en ce moment ? Ça ne durera pas éternellement. Tu deviendras une vétérinaire violoniste célèbre, qui se déplacera à cheval et distribuera des cupcakes en forme de panda aux plus démunis… et moi, je serai propriétaire d'une écurie dans le nord. Quand on repensera à ce qu'on a vécu aujourd'hui, on en rira.

— Tu crois ?

— Non, pas vraiment. On risque plutôt de finir derrière les barreaux. Coco et Stevie, les infâmes mineurs voleurs de poneys…

Il remonte son écharpe sur son nez, comme un bandit, les mains en l'air. On éclate de rire.

Un peu plus tard, quand nous sommes sûrs que le poulain et sa mère vont bien, Stevie nettoie la pièce et recouvre le sol d'une couche de paille fraîche. Nous restons assis pendant des heures, emmitouflés dans les couvertures devant le feu qui crépite, à contempler Serena, Star et Coconut en rêvant d'un avenir où plus aucun animal ne sera maltraité.

— Les bonnets panda seront à la pointe de la mode, déclare Stevie. Et tous les cours de musique auront lieu à un minimum de trois mètres de haut, dans les arbres.

– Les animaux seront nos égaux. La cruauté sera abolie, et on suspendra les sales gosses trop gourmands aux mâts des drapeaux.

– On accordera des récompenses aux élèves qui, en cours de sciences, parviennent à mettre le feu à leurs cheveux avec un bec Bunsen. Franchement, on devrait se lancer dans la politique. On remettrait ce pays sur les rails et personne ne pourrait nous arrêter !

Mon rire s'étrangle, car je viens de me souvenir que la vraie vie est beaucoup moins drôle. Mais je n'ai jamais été du genre défaitiste.

– Dis, Stevie... je sais que c'est risqué, mais il faut qu'on sauve les deux nouveaux poneys de Seddon. On n'a pas le choix, tu le sais aussi bien que moi.

– Coco, attends...

– On ne peut pas les laisser là-bas ! Il ne les traitera jamais correctement. On n'est pas obligés de les amener ici, ça mettrait Coconut, Serena et Star en danger. Mais si on parvient à les conduire dans un endroit sûr, comme le centre équestre, par exemple, ça montrerait aux agents qu'on ne les a pas volés pour gagner de l'argent. On pourrait envoyer une lettre à la police et à la *Gazette d'Exmoor*, pour leur expliquer ce qui se passe chez Seddon...

Stevie fronce les sourcils.

– Ça pourrait fonctionner. On prévient les flics et

les journalistes, comme ça Jenna et Roy n'auront pas d'ennuis. Peut-être même que quelqu'un ira enquêter chez Seddon et découvrira qui il est vraiment. Ce ne serait pas du vol… on se contenterait de déplacer les poneys. C'est une super idée, Coco!

– Je sais. Alors… demain soir? Je rédigerai les lettres.

– Rendez-vous dans les bois près de Blue Downs House? À minuit?

– J'y serai. Et… je n'oublierai jamais cette nuit, tu sais. Avec Serena, Star, et tout le reste.

– Moi non plus.

Je bâille et m'étire, soudain consciente qu'il est très tard. Stevie étale des couvertures sur des coussins et je me blottis au milieu, épuisée, pendant qu'il pose quelques bûches sur le feu.

Quand je me réveille, j'ai mal partout et un peu froid. Le bras du garçon le plus grincheux du collège est posé sur moi par-dessus les couvertures qui nous enveloppent; son souffle est tiède dans mon cou, et il me tient la main.

25

Quand je rentre chez moi le samedi matin, c'est encore le chaos à la maison. La chocolaterie est déserte, on dirait qu'une bombe a explosé dans la cuisine, et maman et Paddy ont l'air éreintés, comme s'ils n'avaient pas dormi de la nuit. D'ailleurs, ça doit être le cas.

Honey, étendue sur l'un des canapés bleus, est en train de regarder le DVD de *Bambi* en mangeant de la brioche. Elle semble parfaitement détendue ; on ne croirait jamais qu'elle vient d'être renvoyée du lycée. Quand j'ai vu ce film pour la première fois, il y a des années, j'étais déjà dingue des animaux alors forcément, je l'ai adoré. Jusqu'au moment où la mère de Bambi se fait tuer. J'ai pleuré tellement fort que maman a dû éteindre la télé, et mes sœurs ont râlé et m'ont traitée de bébé.

Aujourd'hui, je m'assieds à côté de Honey, la gorge nouée.

— Ça va ? je l'interroge. Tu es encore punie ?

— Je ne crois pas. À quoi ça servirait ? Ils savent que je trouverai toujours un moyen de sortir. De toute façon, je m'en fiche. Je vais me tirer d'ici !

Les menaces d'internat me reviennent en mémoire.

— Comment ça ?

— Demande à maman. Paddy et elle ont enfin obtenu ce qu'ils voulaient. Ils vont être débarrassés de moi.

— C'est faux ! Tu déformes la réalité !

— Peu importe. Moi aussi, je voulais me débarrasser d'eux. Désolée de te laisser tomber, petite sœur, mais je vais enfin m'échapper de ce trou. Apparemment, l'internat est trop cher – Paddy est un vrai radin –, et au final, ça m'arrange. Je pars vivre en Australie avec papa. Dans une semaine, à cette heure-ci, je serai dans un vol pour Sydney !

Je me sens glacée. Ma grande sœur est très forte pour manipuler les gens et jouer les victimes ; elle est fainéante, rebelle et parfois vraiment méchante, mais je l'aime plus que tout. Je n'arrive pas à imaginer ma vie sans elle.

— Tu ne peux pas partir ! Qu'est-ce qu'on va devenir sans toi ?

— Vous avez fait votre choix. Vous ne voyez pas que Paddy a décidé de saboter notre famille ? Sans lui, papa et maman se seraient remis ensemble depuis longtemps.

– Tu sais bien que ce n'est pas vrai.

– Si, il restait un espoir, insiste-t-elle. Jusqu'à ce que maman épouse ce loser ! Maintenant, il passe avant nous. Reconnais qu'on ne les a quasiment pas vus depuis deux semaines !

– C'est à cause de la commande, je proteste. Tu es injuste. Maman a toujours fait de son mieux pour t'aider, et Paddy aussi !

Honey hausse les épaules.

– Ça ne me suffit pas, réplique-t-elle. Paddy n'est pas chez lui ici. Il n'est pas mon père, et il ne le sera jamais !

Elle serre un coussin contre elle, les lèvres tremblantes. À mon avis, elle est bien plus bouleversée qu'elle ne le laisse paraître.

– Je n'arrive pas non plus à m'entendre avec Cherry – alors que vous, vous vous êtes laissé embobiner. Elle m'a piqué ma place dans le cœur de maman, dans celui de Shay et même dans le vôtre…

– Bien sûr que non ! Ça n'arrivera jamais ! Honey, s'il te plaît, ne pars pas. Tu peux encore te remettre au travail, arrêter de traîner avec les forains et de faire des bêtises… il n'est pas trop tard !

– Je crois que si. J'ai essayé, vraiment. Mais je gâche toujours tout, et cette histoire avec le lycée est allée trop loin. Même si je voulais y retourner, ils ne m'accepteraient pas. Et de toute façon, je n'en ai pas envie.

Je n'aurais jamais dû écouter Anthony. C'était son idée, de pirater le système informatique pour modifier mon bulletin – j'aurais dû me douter qu'on ne s'en sortirait pas comme ça. Et maintenant, il refuse de me parler et prétend que tout est ma faute !

Je me rappelle avoir croisé cet Anthony lors d'une fête sur la plage, l'été dernier. Ce garçon solitaire et renfermé suivait ma sœur d'un regard de chien battu. Il était clairement amoureux d'elle, mais évidemment, il n'avait aucune chance. Je n'ai pas de mal à l'imaginer en train de concocter un plan pour remonter les notes de Honey, dans l'espoir qu'elle finisse par le regarder différemment. Mais son idée s'est retournée contre lui, et lui qui avait jusque-là eu un parcours brillant se retrouve expulsé du lycée. Voilà de quoi le guérir une bonne fois pour toutes de son amour pour ma sœur.

– Le truc, c'est que je ne me sens plus chez moi ici. Je suis une catastrophe ambulante. Mes amies ne respectent aucune règle. Et les garçons qui me font craquer ont le mot «danger» écrit sur le front. Mais bizarrement, dès que j'ai besoin d'eux, il n'y a plus personne.

– Alors change d'amies et de petits copains. Tu peux encore revenir en arrière !

– Je préfère aller de l'avant et partir pour l'Australie. Tu vas me manquer, sœurette, mais on se parlera sur

Skype. J'ai déjà essayé mille fois de me racheter une conduite – ça n'a jamais marché. Pour le coup, papa a été à la hauteur : il va me trouver une bonne école et engager des profs particuliers pour que je réussisse mes examens. Il veut prendre soin de moi !

– Bien sûr.

Pourtant, vu le comportement de notre père jusqu'ici, on pourrait en douter. Mais je ne peux pas le rappeler à Honey.

– Il me manque encore, insiste-t-elle. Tous les jours. Vous, on dirait que vous l'avez oublié, et que vous me trouvez bizarre parce que je pense à lui.

– Il nous manque aussi, tu sais.

Comme il n'y a pas grand-chose à ajouter, je prends ma grande sœur dans mes bras et je la serre très fort. Elle presse son visage sur mon épaule pendant que je caresse ses cheveux soyeux.

Sur l'écran de télévision, la maman de Bambi vient d'être abattue par le chasseur. Mais cette fois, c'est Honey qui pleure.

Je m'installe dans un coin du canapé pour écrire mes lettres à la police et aux journalistes. Pendant ce temps, Honey se blottit à l'autre bout sous la couverture en crochet qu'elle a depuis toute petite.

Mes autres sœurs rentrent vers midi. Maman et Paddy nous convoquent à un conseil de famille dans la cuisine. Tout le monde est là, sauf Honey qui s'est endormie dans le salon devant le générique de *Bambi*.

– C'est vrai que vous la chassez de la maison ? je demande. Tu ne peux pas faire ça, maman, c'est trop cruel !

Skye me donne un violent coup de pied sous la table.

– La ferme, Coco ! chuchote-t-elle. N'en rajoute pas !

En voyant les yeux pleins de larmes de maman, j'ai honte de moi.

– Je ne voulais pas, nous explique-t-elle d'une petite voix. C'est la décision de votre sœur… depuis le début, c'est ce qu'elle cherche. Elle est allée trop loin. Il lui faut de la discipline, des règles, du soutien, et tu sais très bien, Coco, que nous avons essayé de lui offrir tout cela. En vain. Tout le monde est tombé d'accord : Mr Keating, le conseiller d'éducation du lycée, l'assistante sociale de Honey…

Je la coupe :

– Elle a une assistante sociale ?

– Oui, les services sociaux sont intervenus, répond Paddy. Ils ont été alertés cet été, lors de sa fugue. C'est automatique lorsqu'on contacte la police. Ils veulent simplement trouver une solution, Coco, comme nous. Nous voulons ce qu'il y a de mieux pour Honey.

— C'est-à-dire ? demande Skye.

— Un nouveau départ. Une chance de s'éloigner de ses mauvaises fréquentations – qui sont pour la plupart beaucoup plus âgées qu'elle, c'est là le problème. Au fond, elle appelait au secours, et il faut se rendre à l'évidence : la méthode douce n'a pas fonctionné. Nous devons envisager autre chose.

— Nous avons pensé à l'internat, continue maman. Nous nous sommes renseignés, il en existe plusieurs qui offrent un cadre de vie formidable aux jeunes à problèmes. Mais pour le moment, c'est au-dessus de nos moyens. Si nous étions certains du succès de la commande de chocolats, ce serait différent, mais on ne peut pas prédire l'avenir.

— C'est là que votre père entre en jeu, reprend Paddy. Il a trouvé un lycée à Sydney qui propose des cours particuliers et un soutien psychologique aux jeunes filles comme Honey.

— Ça veut dire quoi ? interroge Summer. Et on les envoie où, ces «jeunes filles comme Honey» ? Dans une espèce de camp de redressement australien ?

— Pas du tout, la rassure maman. C'est une école privée très stricte mais juste, avec une excellente réputation académique. Les objectifs sur lesquels elle met l'accent correspondent parfaitement à Honey : développer la confiance en soi, soigner les blessures, transformer les épreuves en points positifs. Nous avons discuté avec la directrice ; elle est convaincue de pouvoir ramener votre sœur à la raison.

— Mais… elle est obligée d'aller à l'autre bout du monde pour ça ?

Maman soupire.

— Nous ne connaissons aucune école de ce genre par ici. Et s'il y en a, elles sont probablement hors de prix. Alors que celle-ci se trouve tout près de chez Greg et qu'elle reste abordable, à condition qu'il participe aux frais.

— Donc, vous la chassez de la maison, je répète.

— Seulement jusqu'à la fin de l'année, Coco… ensuite, on verra avec Honey ce qu'elle veut faire. Pour le moment, elle est d'accord avec nous : un changement d'air et une école sérieuse lui feront du bien. Et puis elle a toujours voulu rejoindre votre père. Ça ne me plaît pas plus qu'à toi, Coco, mais nous n'avons pas le choix : ta sœur est au bord du gouffre.

Je pense à papa, si occupé par son poste super important à Sydney qu'il prend à peine le temps de nous appeler par Skype à Noël ; il oublie régulièrement nos anniversaires, nos âges et nos centres d'intérêt. D'accord, il est à des milliers de kilomètres d'ici, mais à l'époque où il vivait à Londres, c'était pareil. Parfois, je me dis qu'il oublierait complètement notre existence si maman n'était pas là pour la lui rappeler.

J'espère vraiment que cette école est bien, parce que

si on compte sur papa pour régler les problèmes de Honey, elle ne va pas rester longtemps au bord du gouffre : elle tombera vite tout au fond.

26

Quand j'arrive près de Blue Downs House à minuit, Stevie siffle et apparaît entre les arbres.

– Salut, dit-il, en me jetant un regard si intense que je baisse les yeux. Ça va mieux, chez toi ?

– Pas vraiment. Je ne vois pas comment ça pourrait être pire. Je t'en parlerai plus tard.

– Tu as raconté quoi à tes parents ?

– Que j'allais chez Sarah. De toute façon, ils ont d'autres chats à fouetter en ce moment. Ils ne vérifieront pas.

– Tu es sûre de vouloir continuer ?

– Essaie un peu de m'arrêter, pour voir. J'aimerais qu'au moins une chose se termine bien, cette semaine…

Nous nous dirigeons lentement vers le paddock. Quand les dernières lumières s'éteignent à l'intérieur de la maison de Seddon, nous ouvrons le portail et nous nous faufilons dans la cour.

Les poneys se trouvent dans deux box différents, côte à côte au fond du bâtiment. Un bai et un rouan, calmes et trapus. J'hésite une seconde : peut-être que Seddon sera plus gentil avec eux ? Et puis je me souviens de la façon dont il a traité Coconut, de l'état dans lequel nous avons trouvé Serena. Nous n'avons pas le choix. Si les nouveaux poneys sont encore en bonne santé, Seddon ne va pas tarder à les traumatiser eux aussi. En les libérant à leur tour, nous attirerons l'attention sur lui. Et peut-être que ça mettra fin à ses activités une bonne fois pour toutes.

Au moment où nous traversons la cour avec les animaux, un aboiement résonne dans le silence. Stevie pousse un juron.

— Mince… j'avais oublié ce fichu chien !

Il me tend les rênes du poney bai et s'avance vers le bâtard en chuchotant, la main tendue. L'animal se calme presque instantanément. À la lumière de la lune, je me rends compte qu'il est encore plus maigre que lors de ma première visite. Tremblant et effrayé, il tire sur la corde qui l'attache à sa niche et l'empêche d'atteindre sa gamelle d'eau.

— J'espère que personne ne l'a entendu ? me souffle Stevie en lui caressant la tête, les yeux tournés vers la maison.

Un sentiment de culpabilité me tord le ventre. Moi qui prétend me soucier des animaux maltraités, comment ai-je pu ne pas remarquer l'état de ce pauvre chien ? Et pourtant il continue à agiter la queue, plein d'espoir. Je ne peux pas rester insensible.

– On l'emmène aussi. S'il te plaît, Stevie !

Il me regarde, une expression indéchiffrable sur le visage. Il y a encore deux semaines, il aurait levé les yeux au ciel, lancé une remarque blessante et insisté pour poursuivre comme prévu. Mais nous avons beaucoup changé tous les deux. Nous avons sauvé deux poneys, aidé un poulain à venir au monde, et nous nous sommes réveillés main dans la main devant le feu de cheminée. J'ai les joues en feu rien que d'y penser.

Avec un hochement de tête, il s'agenouille pour libérer le chien, sans cesser de lui parler à l'oreille.

Soudain, un éclair lumineux déchire les ténèbres et un coup de feu retentit.

– Je vais bien, souffle Stevie. Et toi ? Recule, vite, avant qu'il ne te voie !

Mon cœur bat si fort que j'ai l'impression qu'il va jaillir de ma poitrine. J'ai du mal à respirer. Lentement, je bats en retraite avec les poneys pour me réfugier derrière la grange.

Une silhouette imposante balaie la cour du faisceau d'une lampe torche : James Seddon, un fusil à la main, le visage contorsionné par la rage.

– Bon sang, mais qu'est-ce que tu fiches, Stevie ?

rugit-il. Lâche cette chienne et rentre à la maison! Je t'ai pris pour un de ces fichus voleurs!

Stevie jette un coup d'œil dans ma direction, et je m'enfonce un peu plus dans l'ombre de la grange. Les poneys me suivent en renâclant; à cause du froid, on dirait que de la fumée sort de leurs naseaux.

Comment Seddon connaît-il le nom de Stevie? Pourquoi lui ordonne-t-il de rentrer? J'ai l'esprit tellement embrouillé que je n'essaie même pas de comprendre ce qui se passe. Tout ce que je sais, c'est que cet homme effrayant et armé avance vers nous à grands pas. Je n'ai jamais eu aussi peur de ma vie.

Les mains de Stevie continuent à s'affairer près du cou du chien, qui gémit et se couche sur le sol.

– Qu'est-ce que tu fabriques? gronde Seddon. Je t'ai déjà interdit de jouer avec elle! C'est un chien de garde, pas un animal de compagnie. Déjà qu'elle n'est pas très douée… elle n'a même pas donné l'alerte quand on m'a volé mes poneys!

Stevie lâche la corde et tire d'un coup sec sur le collier, qui se détache. D'un bond, la bête efflanquée s'enfuit ventre à terre, en poussant des jappements paniqués. Quand elle passe devant la grange, les poneys, inquiets, s'écartent dans un bruit de sabots. Et soudain, la lampe de Seddon est braquée sur nous.

Il éclate d'un rire sec et menaçant qui me donne la chair de poule.

— Mais qu'avons-nous là ? lance-t-il. Laissez-moi deviner : une petite mission de sauvetage ! C'est vous qui avez emmené les deux autres, pas vrai ? Pour m'humilier...

— Elle n'a rien à voir là-dedans, intervient Stevie. Elle n'était même pas là la première fois. Et c'était mon idée, alors laisse-la partir...

— Oh ça, je m'en doute, que c'était ton idée. Tu n'es qu'un bon à rien, un minable. J'ai essayé de t'apprendre à avoir du cran, à devenir un homme, mais visiblement la discipline ne suffit pas. Tu as besoin d'être dressé à coups de fouet, comme un cheval. Tu ne vaux pas mieux que ton père.

Stevie tente de courir, mais Seddon l'attrape par le col et le fait tomber. La nausée m'envahit ; je crois que je vais vomir.

— Chut, chut, chut, je murmure aux poneys qui commencent à paniquer. Du calme...

Une lampe s'allume dans la maison, puis une femme et une petite fille sortent dans la cour. La femme est jolie, bien habillée et bien coiffée ; quant à la fillette en pyjama qui se tient à ses côtés, je la reconnais tout de suite : c'est celle qui assistait, terrorisée, à la séance de dressage il y a deux semaines.

— James ? appelle la femme en sortant un téléphone de sa poche. Que se passe-t-il ? Qui est-ce ? Dois-je appeler la police ?

— C'est Stevie ! s'écrie la petite.

Ce dernier se relève et essaie de fuir, mais Seddon est plus rapide et le pousse violemment contre le mur de la grange. Stevie, le souffle coupé, serre son bras contre lui avec une grimace de douleur.

— Laisse-le tranquille ! hurle la femme en se précipitant vers Stevie, la petite fille sur ses talons.

Seddon se retourne en criant qu'ils sont tous aussi stupides et ingrats les uns que les autres ; avant que j'aie eu le temps de comprendre ce qui arrive, il se jette sur la femme et la gifle si durement qu'elle se met à saigner.

La fureur m'envahit, me faisant perdre la raison. Je m'élance, la longe des poneys toujours dans la main. Terrifiés, ils se cabrent et m'échappent. La chienne sort de l'ombre, aboyant de toutes ses forces, montrant les dents à son maître. Dans la panique générale, le poney bai donne une grande ruade et un de ses sabots touche Seddon à la tempe. L'homme titube avant de s'écrouler.

D'un seul élan, nous nous mettons à courir : moi, la petite fille dont je serre la main froide, et la femme qui soutient Stevie.

— La voiture, hoquette-t-elle. Allez vers la voiture : j'ai les clés !

Nous traversons la cour à toute allure en direction du quatre-quatre garé dans l'allée. Les clignotants s'allument, indiquant l'ouverture des portes, et nous nous entassons à l'intérieur avec la chienne.

– Dépêche-toi, maman, il arrive ! hurle Stevie tandis qu'elle démarre dans un crissement de gravier.

Bientôt, nous filons dans le noir, loin de cette maison.

27

—**E**st-ce que... est-ce que tout le monde va bien? demande la mère de Stevie d'une voix blanche.

Par miracle, c'est le cas. Elle roule lentement; je sens qu'elle a du mal à contrôler la voiture.

– On ne va pas dans la bonne direction, commente Stevie au bout d'un moment. Il faut aller à Minehead, maman, voir la police... cette fois, on n'a plus le choix!

– Je ne peux pas, chuchote-t-elle, terrifiée. On ne peut pas...

Dans ma tête, les pièces du puzzle commencent à s'assembler: le garçon secret et lunatique qui déteste les brutes, la petite sœur, l'étonnement de Stevie en apprenant qu'il pouvait exister des beaux-pères sympathiques. Voilà pourquoi je l'ai trouvé en train de nourrir Coconut quand je suis entrée dans l'écurie la première fois. Voilà pourquoi il connaissait Serena et haïssait tant Seddon.

Il vivait avec lui.

— On n'a qu'à aller chez moi, je propose, prenant les choses en main. C'est par là, pas très loin. Vous y serez en sécurité.

Dès que nous arrivons à Tanglewood, je bondis hors de la voiture et j'appuie sur le bouton de la sonnette jusqu'à ce que toutes les lumières s'allument à l'intérieur. Le temps que j'installe Stevie, sa mere et sa sœur dans la cuisine et que je convainque la chienne effrayée de nous y rejoindre, maman et Paddy apparaissent à la porte en pyjama et robe de chambre. Mes sœurs se pressent derrière eux dans l'escalier, l'air ébahi.

— Mais que… Coco? lâche Paddy.

Un simple coup d'œil à la scène a suffi à maman : elle met la bouilloire en marche et sort de quoi nettoyer le visage de la femme.

— Je m'appelle Charlotte, et voici Paddy, annonce-t-elle, pragmatique. Vous êtes?

— Sandra Marshall, répond la mère de Stevie en grimaçant de douleur. Appelez-moi Sandy. Et ce sont mes enfants, Stevie et Jasmine…

— Stevie est dans ma classe, je précise. On essayait de sauver des poneys, et la situation nous a un peu échappé…

— Bien joué, petite sœur, ricane Honey. Je ne suis même pas encore partie que tu veux devenir la nouvelle rebelle de la famille!

— Honey, ce n'est pas le moment de plaisanter, l'interrompt maman. Que s'est-il passé exactement ?

— Je ne sais pas trop. Mais je crois que Stevie a un bras cassé, et les poneys sont devenus fous, et...

— Il a frappé ma maman, dit Jasmine d'une toute petite voix. Et il a tiré avec son fusil !

— Qui ? demande maman. Sandy, qui vous a fait ça ?

Ils finissent par nous raconter toute l'histoire, ce que je savais déjà et ce que j'avais plus ou moins deviné : le fusil, la gifle, les poneys volés, et les humiliations que Seddon leur a fait subir depuis un an.

Ils sont venus s'installer dans la région parce que Sandy avait trouvé du travail comme femme de ménage dans une résidence de vacances appartenant à Seddon. Très vite, il l'a séduite, et toute la famille a emménagé chez lui. Au début, il les couvrait de cadeaux, les emmenait en balade, multipliait les promesses... mais peu à peu, il s'est mis à contrôler le moindre de leurs gestes et à révéler sa vraie nature. Stevie, impuissant, n'a pas eu d'autre choix que de regarder sa famille sombrer dans la terreur.

— Et les poneys, que viennent-ils faire là-dedans ? demande maman. Pourquoi as-tu parlé de les sauver, Coco ?

— C'est Seddon qui a acheté Coconut, j'explique. Je suis allée voir si elle allait bien, et ce n'était pas le cas. Il la faisait travailler jusqu'à l'épuisement. Je

J'ai vu obliger Jasmine à regarder, jusqu'à ce qu'elle se laisse tomber à genoux dans la boue et fonde en larmes. Alors j'ai emmené Coconut loin de là… avec l'aide de Stevie. On était obligés. Il y avait aussi une autre ponette, enceinte. On les a cachées dans les collines, et quand Stevie m'a appris que Seddon avait acheté deux nouvelles montures, on a voulu les libérer elles aussi. Mais la chienne a aboyé, Seddon est sorti avec son fusil, et ça a dégénéré…

Mes sœurs nous ont rejoints dans la cuisine. Perchées sur le buffet ou appuyées contre la cuisinière, elles nous écoutent avec attention. Paddy s'est éclipsé. Jasmine, elle, s'est endormie dans les bras de Sandy, à côté de Stevie qui caresse sa chienne.

Maman prend la main de Sandy.

— Il faut prévenir la police et les pompiers, dit-elle gentiment. Vous vous en rendez compte, n'est-ce pas ?

— Je ne peux pas… j'en suis incapable.

— Vous n'aurez pas besoin de le faire, intervient Paddy qui vient de réapparaître à la porte de la cuisine. Ils sont déjà en route.

Je n'ai jamais vécu une nuit pareille. Les pompiers arrivent et concluent que le bras de Stevie n'est pas cassé ; quant à la blessure de sa mère, elle devrait guérir sans laisser de cicatrice.

Après avoir pris la déposition de Sandy, les policiers lui demandent si elle souhaite porter plainte. Ils envoient des agents chez Seddon, qui est convoqué au commissariat.

Quand tout est terminé, le jour se lève déjà. Mes sœurs sont retournées se coucher. Stevie et Jasmine dorment sur les canapés bleus du salon.

– Toi, j'ai deux mots à te dire, lance maman en m'attrapant par le bras alors que je m'apprête à monter l'escalier. Tu as bien fait d'amener Stevie, Sandy et Jasmine ici, mais… qu'est-ce qui t'a pris, Coco ? Voler des poneys, se promener en pleine nuit dans les collines… c'est très dangereux ! Tu ne t'en rends pas compte ?

Je me sens horriblement coupable. Elle a raison, bien sûr : j'avais beau avoir les meilleures intentions du monde, j'ai enfreint la loi, menti et pris tant de risques que je ne me posais même plus de questions. Avec le recul, ça ressemble plus à de l'inconscience qu'à du courage.

– Désolée, maman. Mais… je ne voyais pas quoi faire d'autre !

Elle s'essuie les yeux.

– Tu aurais pu me parler. Je t'aurais écoutée, tu sais. Ensemble, on aurait pu trouver une solution. Je ne supporterai pas qu'une autre de mes filles ait des ennuis. Cette famille est en train de se disloquer sous mes yeux…

– Non, maman ! C'est faux ! Notre famille est la

meilleure du monde ! On n'est peut-être pas parfaits, mais on s'en sort quand même très bien, grâce à Paddy et à toi. Je n'ai rien, je te le jure ! Je suis vraiment, vraiment désolée !

Comme elle recommence à pleurer, je la prends dans mes bras et lui promets que la prochaine fois, quoi qu'il arrive, je viendrai la voir en cas de problème. Je suis sincère. Plus que s'intéresser aux garçons et au maquillage, avoir des poussées de croissance et des sautes d'humeur, c'est ça, grandir : apprendre de ses erreurs, admettre qu'on ne sait pas tout et que parfois, même, on peut se tromper.

C'est dur. J'ai un poids sur la poitrine, j'ai envie de pleurer, de protester, de hurler, mais je ne le ferai pas. Je ne peux plus. Dorénavant, je vais écouter et m'améliorer. Je veux que maman soit fière de moi. Alors je la serre très fort en jurant que tout va s'arranger.

Pour finir, Stevie et sa famille restent deux semaines chez nous. Sandy donne un coup de main à la chocolaterie, et il se trouve qu'elle a un vrai talent pour l'organisation et le travail d'équipe. La commande va pouvoir être terminée dans les temps.

Alertée par la police, la SPA s'est penchée sur le cas de Seddon, à qui la *Gazette d'Exmoor* a également consacré un article. Humilié, il a été contraint de rendre les deux nouveaux poneys à leurs propriétaires, tandis que Jenna et Roy accueillaient Serena et Star dans leur centre équestre. Samba, la chienne, a repris du poids. Son poil est redevenu soyeux et brillant de santé. Elle passe ses nuits roulée en boule dans le panier de Fred, et ses journées à courir avec lui dans le jardin.

Stevie et moi avons été les héros de la classe pendant environ cinq minutes, avant que l'admiration de nos camarades ne cède place à des rumeurs et à des moqueries sur notre prétendu couple. Pour information, on ne sort pas ensemble. Mais depuis que sa mère a échappé à Seddon, Stevie est beaucoup plus détendu : sous ses apparences grincheuses et lunatiques se cachait en réalité un garçon adorable qui s'ouvre un peu plus chaque jour.

Parfois, il arrive même à me surprendre. Quand j'enseigne à Jasmine la recette secrète de mes cupcakes à la noix de coco, il se joint à nous pour mélanger la farine, les œufs, le beurre et le sucre ; quand je travaille mon violon, il vient se percher dans le chêne à côté de moi pour m'écouter ; et nous contemplons les étoiles en parlant du passé, de l'avenir et de tout ce que nous aurions pu ou pouvons encore faire.

Mais le temps finit par nous rattraper.

Une fois les derniers cartons de chocolats expédiés, Sandy nous annonce son intention de rentrer dans sa région d'origine, où elle s'installera chez ses parents en attendant de trouver du travail et un appartement. Jasmine et Stevie réintégreront leurs anciennes écoles, et tout ce qui est arrivé ici ne sera plus qu'un mauvais souvenir.

J'ai beau me réjouir pour eux, cette nouvelle me laisse un arrière-goût amer. Le jour de leur départ, je grimpe dans mon arbre, un peu déprimée. J'ai préparé des gâteaux en forme de panda pour Jasmine, un petit sachet de friandises pour Samba, et une carte d'adieu pour toute la famille. Mais, au fond de moi, j'ai le cœur lourd.

Stevie sort de la maison et me rejoint sur ma branche.

– Je ne veux pas que tu partes, je lui avoue. Tu vas me manquer, Stevie Marshall.

– Toi aussi. Mais c'est la meilleure solution. Plus maman s'éloigne de Seddon, mieux c'est. Et puis les choses vont peut-être s'arranger pour ta famille aussi, non ?

– Sûrement. Ta mère a été géniale à la chocolaterie. Je n'arrive pas à croire qu'ils aient réussi à tenir les délais !

– Ils avaient même un peu d'avance. Maman était ravie. J'ai l'impression qu'elle s'est enfin réveillée, qu'elle a repris confiance en elle. Et tout ça, c'est grâce à Charlotte et à Paddy. Et à toi, évidemment.

– Pourquoi ?

– Sans toi, je n'aurais jamais osé tenir tête à Seddon.

Il nous avait coupé l'envie de nous battre. Tout ce dont j'étais capable, c'était de m'assurer que maman et Jasmine allaient bien et que les animaux avaient à manger. Mais tu es arrivée, avec tes plans complètement dingues, et tout a changé. Je me suis retrouvé embarqué dans cette aventure qui m'a redonné espoir. OK, au début, je te trouvais un peu folle...

— Je suis un peu folle.

— Je sais. Mais à force je m'y suis habitué. Ça faisait longtemps que je n'avais pas eu de copain, et... je crois que tu es devenue ma meilleure amie. Peut-être même plus qu'une amie...

Je ne vois rien venir.

Pourtant, j'ai remarqué la façon qu'il a parfois de me regarder, avec une lueur triste dans ses grands yeux sombres. Quand nos mains se frôlent, je sens de l'électricité statique entre nous. Même si je proteste lorsque mes amies prétendent que je lui plais, je dois reconnaître que je me suis posé des questions moi aussi. Et que je me suis parfois laissée aller à rêver un peu.

N'empêche que, lorsqu'il se penche vers moi, me caresse la joue et pose ses lèvres sur les miennes, je panique. Je m'écarte d'un bond, ce qui est une très mauvaise idée quand on se trouve à trois mètres du sol.

Je suis prête à parier que ce n'est pas la réaction que Stevie espérait.

Je tends la main vers son visage. Sa peau est fraîche, mais ses lèvres sont douces et chaudes.

– Toi aussi, tu es mon meilleur ami, et… je crois que je ne suis pas encore prête à ce qu'il y ait autre chose entre nous. Tu ne m'en veux pas ?

– Non, non. J'attendrai. Un jour, quand on sera plus vieux, je reviendrai. Et là, ce sera différent, pas vrai ?

– J'espère. On peut aussi s'écrire. Et s'envoyer des e-mails.

– Bien sûr. Tu sais quoi, je déteste les adieux. En plus, je sais qu'on se retrouvera. Mais si jamais ça n'arrivait pas, je veux que tu saches une chose : je ne t'oublierai jamais, Coco Tanberry. Jamais.

Il se laisse glisser au pied du vieux chêne et s'éloigne. Lorsque le taxi vient les chercher lui, sa mère et sa sœur pour les conduire à la gare, je joue du violon en pensant à ses yeux tristes et à la façon dont ses cheveux retombent sur son visage.

Je crois que, moi aussi, je déteste les adieux.

Il y a une semaine, nous avons emmené Honey à l'aéroport où elle a pris son vol pour Sydney. Elle paraissait toute petite et perdue sous le portique de sécurité. Tout à coup, j'ai eu peur de ne jamais la revoir. Vivre avec une tornade comme elle n'a jamais été facile, mais je vais avoir du mal à m'habituer à son absence. Quand j'y repense, cette semaine a été une des pires de ma vie.

Mais d'un autre côté, c'était aussi l'une des meilleures.

Alors que je continue à jouer, un poney s'avance vers moi dans l'herbe haute. Un poney bai à la crinière rêche, qui me regarde avec des yeux brillants. Coconut reste là un moment à m'écouter, l'air solennel, les oreilles dressées. Finalement, c'était bien le cadeau d'anniversaire de Jasmine. La petite fille n'a pas pu l'emmener chez ses grands-parents. Trouver de la place pour trois personnes et une chienne, c'est une chose, mais si on y ajoute un poney exmoor, ça devient compliqué.

– Tu as donné des cupcakes et des fleurs de jasmin à Stevie pour moi, m'a rappelé Jasmine la semaine dernière. Pourtant tu ne me connaissais même pas. C'était très gentil. Et tu as sauvé Coconut, tu l'as mise à l'abri, alors… est-ce que tu voudrais bien t'occuper d'elle en attendant que je puisse la récupérer ? S'il te plaît ?

Je lui ai promis que je prendrai soin de son poney.

Il y a encore quelques semaines, j'étais persuadée que, si je pouvais acheter Coconut, tous mes soucis s'envoleraient. Aujourd'hui, elle est un peu à moi, et j'ai pourtant l'impression que les problèmes ne font que commencer. Quand j'ai confié cela à Honey à l'aéroport, elle a éclaté de rire. D'après elle, c'est parce que je grandis.

Je descends de mon arbre, range mon violon et

attrape le licou de Coconut pour la conduire à l'étable qu'elle partage avec Joyeux Noël. Là, je la selle avec précaution, j'ajuste les rênes et je l'enfourche. Ensemble, nous passons le portail et descendons vers la plage.

Coconut secoue la tête dans le vent et s'agite un peu quand elle sent ses sabots s'enfoncer dans le sable Nous faisons face à l'océan, dont la surface brillante est teintée de rouge et d'or par le soleil couchant. Je repense à cet après-midi où j'ai galopé dans les collines, serrée contre Stevie. Puis je chasse ce souvenir, je plante doucement mes talons dans les flancs de Coconut, et nous nous élançons le long de la plage, tête baissée, plus vivantes que jamais.

Cherry Costello

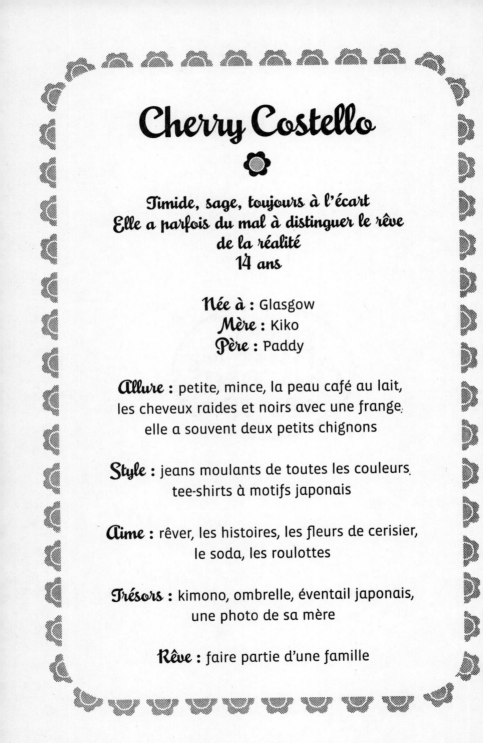

*Timide, sage, toujours à l'écart
Elle a parfois du mal à distinguer le rêve
de la réalité
14 ans*

Née à : Glasgow
Mère : Kiko
Père : Paddy

Allure : petite, mince, la peau café au lait,
les cheveux raides et noirs avec une frange.
elle a souvent deux petits chignons

Style : jeans moulants de toutes les couleurs,
tee-shirts à motifs japonais

Aime : rêver, les histoires, les fleurs de cerisier,
le soda, les roulottes

Trésors : kimono, ombrelle, éventail japonais,
une photo de sa mère

Rêve : faire partie d'une famille

Coco Tanberry

Chipie, sympa et pleine d'énergie
Elle adore l'aventure et la nature
12 ans

Née à : Kitnor
Mère : Charlotte
Père : Greg

Allure : cheveux blonds et bouclés,
coupés au carré et toujours en broussaille,
yeux bleus, taches de rousseur, grand sourire

Style : garçon manqué, jeans, tee-shirts,
elle est toujours débraillée et mal coiffée

Aime : les animaux, grimper aux arbres,
se baigner dans la mer

Trésors : Fred le chien et les canards

Rêve : avoir un lama, un âne et un perroquet

Skye Tanberry

Avenante, excentrique, indépendante
et pleine d'imagination
13 ans
Soeur jumelle de Summer

Née à : Kitnor
Mère : Charlotte
Père : Greg

Allure : cheveux blonds jusqu'aux épaules,
yeux bleus, grand sourire

Style : chapeaux et robes chinés
dans des friperies

Aime : l'histoire, l'astrologie, rêver et dessiner

Trésors : sa collection de robes vintage
et un fossile trouvé sur la plage

Rêve : voyager dans le temps pour voir
à quoi ressemblait vraiment le passé...

Summer Tanberry

❀

Calme, sûre d'elle, jolie et populaire
Elle prend la danse très au sérieux
13 ans
Soeur jumelle de Skye

Née à : Kitnor
Mère : Charlotte
Père : Greg

Allure : longs cheveux blonds tressés
ou relevés en chignon de danseuse,
yeux bleus, gracieuse

Style : tout ce qui est rose...
Tenues de danseuse et vêtements à la mode,
elle est toujours très soignée

Aime : la danse, surtout la danse classique

Trésors : ses pointes et ses tutus

Rêve : intégrer l'école du Royal Ballet, devenir
danseuse étoile, puis monter sa propre école

Honey Tanberry

Lunatique, égoïste, souvent triste...
Elle adore les drames, mais elle sait aussi
se montrer intelligente, charmante,
organisée et très douce
15 ans

Née à : Londres
Mère : Charlotte
Père : Greg

Allure : longs cheveux blonds ondulés, yeux bleus,
peau laiteuse, grande et mince

Style : branché, robes imprimées, sandales,
shorts et tee-shirts

Aime : dessiner, peindre, la mode, la musique...
et Shay Fletcher

Trésors : ses cheveux, son journal, son carnet à dessin
et sa chambre en haut de la tour

Rêve : devenir mannequin, actrice
ou créatrice de mode

Les recettes au chocolat

Limonade façon Coco

Il te faut :
40 g de sucre en poudre • 4 citrons • 2 l d'eau

1. Verse le sucre dans une carafe qui ne craint pas
la chaleur. Ajoutes-y l'équivalent d'un mug d'eau
bouillante. Remue doucement, jusqu'à ce que le sucre
soit totalement dissous.

2. Presse les citrons et verse le jus obtenu dans
la carafe.

3. Mélange l'eau sucrée avec le jus des citrons,
puis remplis la carafe d'eau.

4. Place le tout au frigidaire pendant une demi-heure
puis sers la boisson, sans oublier d'y mettre des
glaçons et des rondelles de citron pour encore plus
de goût!

Pour une limonade rose, remplace les rondelles
de citron de la fin par quelques fraises coupées
en morceaux

Cocktail fraîcheur coco

Il te faut :
10 cl de lait de coco • 6 cl de jus d'ananas • un shaker

1. Mélange le lait de coco et le jus d'ananas dans un shaker.
2. Secoue bien fort.
3. Verse ton cocktail dans un grand verre.

Le petit plus déco : dispose une rondelle d'ananas sur le bord de ton verre !

Moelleux chocolat et coco

Il te faut :
200 g de chocolat noir dessert • de la noix de coco râpée •
250 g de beurre • 10 cuillères à soupe de sucre • 2 cuillères
à soupe de farine • 4 œufs

1. Préchauffe ton four à 200 °C.
2. Fais fondre le beurre et le chocolat à feu doux.
3. Dans un saladier, mélange bien les œufs et le sucre,
puis incorpore le chocolat fondu et la farine.
4. Verse ton mélange dans un moule à gâteau
légèrement beurré.
5. Laisse cuire environ 20 minutes au four à 200 °C.
6. Saupoudre ton délicieux moelleux au chocolat
de noix de coco râpée !

Coco croquantes

Il te faut :
120 g de noix de coco râpée • 2 blancs d'œufs • 100 g de sucre

1. Préchauffe ton four à 150 °C.

2. Monte tes blancs en neige jusqu'à ce qu'ils soient bien fermes.

3. Mélange-les délicatement avec le sucre et la noix de coco râpée.

4. À l'aide d'une cuillère à soupe, dispose des petites boules de ta préparation sur une plaque recouverte de papier sulfurisé.

5. Mets la plaque au four.

6. Patiente quelques minutes, jusqu'à ce que tes Coco croquantes soient dorées !

Noix de caramel-coco

Il te faut :

2 noix de coco • 200 g de sucre roux

1. Vide les noix de coco de leur lait en les perçant sur les côtés et en faisant attention à bien conserver le lait. Garde précieusement le lait dans un récipient à part.

2. Coupe les noix de coco en deux.

3. Enlève la pulpe, puis râpe-la.

4. Mélange la pulpe râpée et le sucre roux, puis ajoute le lait de coco.

5. Dispose ta préparation dans des ramequins, puis laisse chauffer au four à 220 °C pendant 25 minutes.

À déguster chaud !

Quelle fille
au chocolat
es-tu ?

❀ Le dimanche, tu aimes :

1. Lire, dessiner, écouter de la musique
2. Rien, tu détestes le dimanche
3. Dévaliser les vide-greniers
4. T'occuper de tes animaux de compagnie
5. Te livrer à ta passion, la semaine tu as moins le temps

❀ Les après-midi avec tes copines, tu les passes :

1. À rigoler et à papoter de tout et de rien
2. Loin de chez tes parents
3. À faire des essayages et à jouer à la styliste
4. Dehors, qu'il pleuve, qu'il neige ou qu'il vente !
5. À répéter votre dernière chorégraphie

❀ Si tu devais cuisiner pour tes copines, tu ferais :

1. Un plat exotique
2. Cuisiner? Quelle horreur!
3. Une recette improvisée selon ton humeur du jour
4. Des spaghettis bolognaise avec beaucoup de fromage râpé
5. Une salade de crudités

❋ Côté cœur, tu es du genre :

1. Spontanée. L'amour te tombe dessus sans que tu t'y attendes
2. Passionnée. Tu déplacerais des montagnes pour la personne que tu aimes
3. Créative. Pour l'élu de ton cœur, tu inventes des parcours fléchés avec des surprises à la fin
4. Pas concernée. L'amour, ce n'est vraiment pas ton problème!
5. Décidée. Quand quelqu'un te plaît, tu lui dis

❋ Ta trousse :

1. Est en tissu à fleurs et on y trouve ton porte-bonheur
2. Contient surtout des antisèches
3. Appartenait à ton grand-père, il n'y en a pas deux comme la tienne!
4. Est couverte de petits mots écrits par tes copains
5. Pleine de stylos à encre parfumée ou pailletée

❊ *Le voyage de tes rêves* :

1. Un séjour d'un an en Asie
2. Chez un membre de ta famille que tu n'as pas vu depuis longtemps
3. Partir à l'aventure! Sans savoir où tu vas ni pour combien de temps
4. Un tour du monde ou une traversée de la Mongolie à cheval
5. Dans un pays chaud, où tu pourrais dorer sur une plage en bouquinant

❊ *Ton plus gros défaut c'est* :

1. Ta légère mythomanie
2. Tes sautes d'humeur
3. Ton inclination à confondre rêve et réalité
4. Ton côté casse-cou qui frôle souvent l'imprudence
5. Ta tendance à tout vouloir contrôler

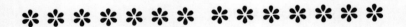

Tu as obtenu un maximum de 1 : Cherry
Tu aimes les histoires, celles que tu lis mais aussi celles que tu inventes. Romantique, tu aimes les endroits qui attisent ta créativité et tu rêves de longues promenades au bras de ton amoureux...

Tu as obtenu un maximum de 2 : Honey
Tu es à l'affût des dernières tendances et cultives ton look branché. Tu fais parfois l'effet d'un ouragan à ton entourage qui ne sait pas toujours comment s'y prendre avec toi... Pourtant tu aimes te sentir entourée.

Tu as obtenu un maximum de 3 : Skye
Originale, romanesque, créative et très curieuse, tu aimes lire, te déguiser, fouiller, te documenter... N'aurais-tu pas une âme de détective ?

Tu as obtenu un maximum de 4 : Coco
Rien ne t'amuse plus qu'enfiler des bottes en caoutchouc et sauter dans les flaques d'eau en criant. Après tout, pourquoi s'en priver ? Pour toi, il faut profiter de la vie, tout en protégeant son environnement ; tu es une vraie graine d'écologiste !

Tu as obtenu un maximum de 5 : Summer
Déterminée, passionnée et sensible, tu es prête à tout pour aller au bout de tes rêves... ce qui ne t'empêche pas d'adorer les sorties entre copines !

L'auteur

Cathy Cassidy a écrit son premier livre à l'âge de huit ou neuf ans, pour son petit frère, et elle ne s'est pas arrêtée depuis.

Elle a souvent entendu dire que le mieux, c'est d'écrire sur ce qu'on aime. Comme il n'y a pas grand-chose qu'elle aime plus que le chocolat… ce sujet lui a longtemps trotté dans la tête. Puis, quand une amie lui a parlé de sa mère qui avait travaillé dans une fabrique de chocolat, l'idée de la série «Les Filles au chocolat» est née!

Cathy vit en Écosse avec sa famille. Elle a exercé beaucoup de métiers, mais celui d'écrivain est de loin son préféré, car c'est le seul qui lui donne une bonne excuse pour rêver!

Vous aimerez aussi

De Cathy Cassidy,
l'auteure des
Filles au chocolat

Vous avez aimé les filles au chocolat **vous adorerez aussi**

JENNY SMITH

MA VIE TOUTE POURRIE

NATHAN

Tante Penny croit que LOL ça veut dire « Lots of Love »
(plein de bises), du coup elle est capable de mettre sur Facebook :
« Désolée que tu aies passé une mauvaise journée, LOL ».
Bref, vous l'aurez compris, **ma vie est TOUTE POURRIE** !

ENVIE DE DÉCOUVRIR
DES EXTRAITS D'AUTRES ROMANS?
ENVIE DE PARTAGER
VOS AVIS SUR VOS LECTURES PRÉFÉRÉES?
ENVIE DE GAGNER DES ROMANS EN EXCLUSIVITÉ?
REJOIGNEZ-NOUS SUR

www.lireenlive.com

ET SUIVEZ EN DIRECT L'ACTUALITÉ
DES ROMANS NATHAN